雨 伤

万 亿　张佳羽　周欣吾桐　张佳怡
赵登怡　黎苗苗　高域溪　顾 昊 /等著

中央编译出版社
Central Compilation & Translation Press

图书在版编目（CIP）数据

雨伤 / 万亿等著.
—北京：中央编译出版社，2015.3
（校园文摘系列丛书 / 万亿主编）
ISBN 978-7-5117-2349-9

Ⅰ.①雨… Ⅱ.①万… Ⅲ.①作文 – 中学 – 选集
Ⅳ.① H194.5

中国版本图书馆 CIP 数据核字（2014）第 234347 号

雨 伤

出 版 人	刘明清
出版统筹	董　巍
责任编辑	邓永标
责任印制	尹　珺
出版发行	中央编译出版社
地　　址	北京市西城区车公庄大街乙 5 号鸿儒大厦 B 座（100044）
电　　话	（010）52612345（总编室）　　（010）52612371（编辑室） （010）52612316（发行部）　　（010）52612317（网络销售） （010）52612346（馆配部）　　（010）55626985（读者服务部）
传　　真	（010）66515838
经　　销	全国新华书店
印　　刷	北京威远印刷有限公司
开　　本	710 毫米 × 1000 毫米　1/16
字　　数	206 千字
印　　张	14
版　　次	2015 年 3 月第 1 版第 1 次印刷
定　　价	29.00 元

网　　址	www.cctphome.com　　邮　箱　cctp@cctphome.com
新浪微博	@ 中央编译出版社　　微　信　中央编译出版社（ID：cctphome）
淘宝店铺	中央编译出版社直销店（http：// shop108367160.taobao.com）　（010）52612349

本社常年法律顾问：北京市吴栾赵阎律师事务所律师　　闫军　　梁勤
凡有印装质量问题，本社负责调换。电话：（010）55626985

▶ 繁星梦

彩虹桥，弯牙月（文/万亿）	002
花儿为什么开放（文/张佳羽）	005
记忆深处的他（文/查宸浩）	010
组员棒棒糖（文/黎琬莹）	012
寻找记忆深处的我（文/黄逸涵）	014
奋进·生命的起点（文/黎苗苗）	016
家务体验（文/顾昊）	020
时间堆出美丽的瞬间（文/游可涵）	022
打酱油（文/周欣吾桐）	024
噩梦一夜（文/李晓）	026
N个与狗儿相关的镜头（文/李晓）	029
餐桌上的战斗（文/顾昊）	031
老挂钟 绿皮车 本草园（文/高域溪）	033
元旦抒怀（文/匡天龙）	037
快乐迎新年（文/匡天龙）	038
快乐的"六一"（文/张清晴）	039
游悉尼歌剧院（文/李恒嘉）	041

刘公岛·屈辱史与强国梦（文／成涛）......044
臭美老姐的那些事儿（文／顾昊）......046
感谢，那阵幸运的风（文／黄逸涵）......049

▶ 青春驿站

我现在还不能把影子扶起来（文／张佳羽）......052
等待友谊（文／刘奕含）......055
我和滑板的故事（文／倪泳楠）......057
莲花，你在哪里？（文／陈欢欢）......059
与众不同的我（文／于婉晴）......066
难忘的运动会（文／张佳怡）......068
雨伤（文／万亿）......070
七十五度青春（文／余明静）......073
正视青春（文／梁奥爽）......077
你若安好，我可成风（文／秦梦雨 叶顶清 魏萍 李佳蔚）......079
谈"吸烟"这件小事（文／赵登怡）......089

▶ 亲情树

外公常戒烟（文／李杭烛）......094
我家的"二师兄"（文／高域溪）......096
我爱我家（文／张清晴）......099
我身边的爱（文／张佳怡）......102
浓浓母女情（文／于婉晴）......105
小木屋与大黄猫（文／高域溪）......107
我家的"红太狼"（文／高域溪）......110
学骑自行车（文／江源乐）......112

种下一个妈妈（文/李晓）　　　　　　　　114
家务也快乐（文/张佳怡）　　　　　　　117
我爱我家（文/李飞龙）　　　　　　　　119
餐桌上的母爱（文/蒋昊）　　　　　　　121
给爷爷洗脚（文/杨彤彤）　　　　　　　123
中秋节记忆（文/蒋昊）　　　　　　　　124

鬼马狂想曲

扇子和空调（文/李飞龙）　　　　　　　128
我变成了巨人（文/蒋昊）　　　　　　　130
假如我是圣诞老人（文/张佳怡）　　　　132
地球妈妈生病了（文/于婉晴）　　　　　135
神奇的复印店（文/顾昊）　　　　　　　137
神奇的勇气商店（文/孙文魁）　　　　　139
梦幻中的游乐城（文/张钰杰）　　　　　142
机器人守梦者（文/刘奕含）　　　　　　145
森林里的巨人和矮子（文/蒋昊）　　　　148
出售幸福的商店（文/张钰杰）　　　　　150
智勇双全KK猫（文/刘奕含）　　　　　153
大战猫王（文/于婉晴）　　　　　　　　155
更美的心（文/孙文魁）　　　　　　　　158
失踪的智慧（文/于婉晴）　　　　　　　160
大山里的梦（文/张钰杰）　　　　　　　162

自然物语

或许它们不是水果（文/李晓）　　　　　166

信鸽"秀秀"（文／黄逸涵） 168
宠物也要自由（文／胡泽晟） 170
感悟沙原小卒（文／任嘉宁） 172

▶ 家乡素描

春日畅游蜀南竹海（文／李晓） 176
美丽的家园——清远（文／张清晴） 180
校园风光——生物园（文／张清晴） 182
新年的钟声（文／匡天龙） 185
我的家乡（文／张清晴） 187

▶ 读书沙龙

开始·结束（文／彭雪茹） 190
一本漫画书的阵亡史（文／林天棋） 192
"书虫"哥哥的秘密基地（文／李杭烛） 194
《白蛇传》新编（文／黄逸涵） 196
《龟兔赛跑》续编（文／顾昊） 198
一本书的诉说（文／梁子怡） 200
生命中不能没有你（文／范开源） 202
我总也忘不了的一句话（文／曹开煊） 204
再也没有（文／李响） 206
我行书山（文／范开源） 208
读《雪国》（文／逢杭之） 210

繁星梦

彩虹桥，弯牙月

文 / 万亿

小时候，经常听到老人们说起：在风雨过后，太阳重新出现的时候，天空会出现一座美丽的桥。

桥身如夜晚挂在空中的那轮弯弯的月牙，悄悄地屹立于天际的一角，浑身散发着幽幽的光，谁在雨后看见它都会有好运伴随的，因为那是希望与快乐的祝福。

这些话曾经非常深刻地印在了我孩童时期的脑海中，像一把具有魔法的钥匙会时常打开我记忆中的大门。

所以每次在一场风雨过后，我时常会抬头仰望着被雨水洗涤过后的天空，就是为了想要寻找到那样的一座闪着光亮的桥，一个充满着向往与希望的梦。

一场雨后，我打开关闭的窗户，一股掺杂着淡淡泥土清新的芬芳随之从远方扑面而来，如悠扬的乐曲直侵入我的脑海。

站在窗前，缕缕阳光透过面前的这扇窗口缓缓地照射到我的身上，如母亲那双温暖的大手正紧紧地握着我冰冷的小手。瞬间，一股暖流流遍了全身的血液让我沸腾不已。

仰望眼前这片蔚蓝色的雨后天空，让自己的目光从天边的这一侧追溯到天际的那一角。

这是一种会让人陶醉的气息，一个让人不禁徜徉于这份美妙世界的雨后。

我知道自己在寻找天边的那一弯月,还有天际的那一座桥……

那是一弯什么样的月?

那又是一座怎样的桥?

长大了我才知道生活在凡尘中的人们把这座弯弯的桥称之为"彩虹"。

彩虹是有颜色的，有人说有七种色彩，分别是"赤、橙、黄、绿、青、蓝、紫"。还有人说，不止这七种，应该比这还要多，是"五颜六色"的。

彩虹到底有多少颜色，没有人能够说地清楚，不管是七色还是五颜六色，反正它在我的心中一直都是神秘的、多彩的。

虽然很希望寻找到风雨之后挂在天空的那一座桥，但在我的记忆中，看到天边那座桥的几率却很少，大多数的时候都没有看见那样的桥真实而确切地出现在我的眼前。

看不到彩虹的雨后，会让我从心底不由发出很遗憾的呼声，也会让我的内心深处产生点点的涟漪，如风吹过后的感觉，一种用语言所无法描述出的真实感受。

如今我时常会在内心深处轻轻感叹，雨后天边出现的那道彩虹其实就像是夜晚倒映入水中的那弯月，从高高的天空上飘然而来到五彩缤纷的红尘中，在一片悠悠的天地间，默默地散发着无限柔情的光，聆听着人世间最真实的记忆与感动。

彩虹桥，弯牙月……

那是一座怎样的桥？

那又是一弯什么样的月？

我在思索着，静静地思索着……

花儿为什么开放

文 / 张佳羽

选美

女孩都喜欢参加选美。

怎样做到公正呢?

阿布出了个妙主意:让所有参加选美的女生各脱一只鞋,从门缝递给评委。

评委每人各拿一把尺子,量鞋子的大小。鞋子大的入选。

问题是,有的女生穿的鞋子不合脚。

阿布让入选的女生穿上鞋子,他再一个一个去摸她们的脚丫子,没有顶到鞋子顶头的女生,再遭淘汰。

这下好啦,留下的都是大脚女生。

主办方很满意,夸大脚的美女好,站得稳,干活能使上力气。

阿布纳闷儿:她们干什么活呀?不就是走T台吗,能用多少力气!

用才

主办方一致认为阿布是难得的人才,招他入驻选美俱乐部工作。

给他使用的一间办公室,门上挂着流沙。

他进进出出，就像孙悟空钻水帘洞。

流沙是彩色的，流到地上，就找不着踪影。

阿布很喜欢这间办公室。

他望着源源不断的流沙入神，太美了，夜以继日，让人浮想联翩。

没有人告诉他流沙有什么作用。

他也无事可干，每天躺在房子里数流沙的颗粒，从早数到晚。

交往

一道彩虹眼前闪了一下。

阿布出得门来，见是一名女生着一袭粉裙，站在那里。

你要进来吗？

女生摇摇头。

你是冠军吗？

女生点点头。

阿布不走回自己办公室，这名女生就站着不动。

阿布一离开，这名女生就收集流沙。

原来那么多流沙，并不是流在地上不见了，而是被人收走了。

谈判

阿布舒舒服服地过了一个月，主办方前来和他谈判。

谈话开门见山——

你这间办公室要让出来。

我认为挺好的。

那你就奥特了。

我知道奥特曼，打怪兽的。

NO，NO！是说你落伍了。

是吗？我有点糊涂。

你看看，谁挂这流沙门帘？给你换一间卷珠帘的。

我喜欢这流沙门帘。

问题是我更喜欢。

你为什么喜欢？

我要让它变成财富。

干什么啊？

在这里开一个有色金属矿……

劳务

主办方果然开了一个大矿。

阿布因选美有功，来工地当了一名监工。

所有前来务工的人员，都着一袭五颜六色的长裙，头被凤冠包得严严实实，脸上挂个小门帘。

你要看到每个人的长相，就得掀开她们脸上的小门帘。

但如果谁被别人看见长相，谁就要消失为空气。

阿布想看见她们是谁，她们纷纷躲避阿布。

阿布觉得这劳动场面太奇怪了，总想看个明白。

主办方奖励他：钱比什么都重要，还是不要看的好。一箱子钱抬到阿布办公室。

销路

主办方生产的矿石,十分畅销。

阿布守在工地上,根本不知道矿石怎么出厂。

主办方在每一个装载矿石的箱子上,贴着入选美女的照片;在箱子里的矿石上,淋千滴美女流下的汗。

于是,这里的矿石成了抢手货。

于是,主办方不断扩大生产规模,所有务工人员取消了休息时间。

钱像流沙一样,流进主办方的口袋里。

阿布很为主办方的工作转型欢呼,夸他们找到了一条发财之路。

主办方仍旧不亏待阿布,给他的钱,将他的办公室塞满了。

阿布没地方去,只有白天黑夜监守在工地上。

光火

一个劳工请求上厕所,阿布允了。

劳工在前面走,阿布偷偷跟在后面。

厕所门上挂着"女间"的牌子。

阿布找"男间"的牌子,找不到。

阿布硬着头皮进了女间。

他吓得魂飞魄散:原来这里的劳工,是他出主意选来的美女!

美女被他看见,化作一缕烟,消失了。

他伤心极了,将女间的废纸篓、打扫卫生的工具一起背了出来。

主办方看见,问他是不是疯了?

阿布说,我没疯,是你们疯了。我不要你们的臭钱,我要揭穿你们的把戏!

重生

阿布从女间背来的废纸篓,一只装下全部的流沙,一只装下主办方挣下所有的钱,一只装下劳工的眼泪。

那些扫帚,纷纷驮起蒙面的劳工,逃离这个鬼地方。

唯一剩下的,是一把小簸箕。

阿布握住它一铲,这个地方铲没了。

选美成为一场噩梦。

那些入选的美女们,重新回到了人间。

她们又像花儿一样,香艳地开放。

不参加选美,她们都很美。

她们发誓,就这样自由自在地活着,再不经受虚荣的诱惑。

记忆深处的他

文 / 查宸浩

眼看着就要放暑假了,我不由得想起了在富顺代寺外婆家的邻居。

我很小的时候,一次放假回到外婆家,晚上家里突然停电了,外婆就叫我们拿出手电筒,搬出椅子在家门前乘凉。旁边的邻居也纷纷从家里走了出来。雷轰隆隆地响着,不一会儿,豆大的雨点就落了下来。雨下了很久,电还是没来。邻居家的那个小男孩十分无聊,看到了屋前有一张坏了的椅子,上面有很多根木头,他念叨着走过去,拆下一根木头做棍子,指向了我。我虽然还不认识他,但还是明白了他的意思,我也赶紧拆下一根木头,和他玩起了"功夫"。这样,我们就互相认识了。

以后,每到暑假,我都会带一些小玩具到外婆家玩。每次,他看到我来了,都会悄悄地走到外婆家的门前,趁我出门不注意,大叫一声,把我吓一跳,但有时也会被我发现,发现了,我也故意装出吓一大跳的样子。

有一次,我带了几辆很小的玩具车去了外婆家。他像小狗一样闻到了我的存在,就悄悄地来到外婆家的屋前,又让我表演了一次"大吃一惊"。他看到了我放在桌上的玩具车,就把它们拿到门前玩。可是,一不小心就把一辆玩具车开到了门边地上的一个小洞里。他用手掏了掏,希望可以拿出来,一番努力后,玩具车反而往远方退了一点儿。我发现了,就和他一起想办法掏玩具车。外婆过来看到我们的猴急样,问明原因后，找来一根铁丝，一会儿就把玩具车掏了出来。我们就玩着玩具车，比赛看谁开得更远。

时间真快呀，又一年暑假快到了，我都好像听到他在门外吓我的叫声啦……

组员棒棒糖

文 / 黎琬莹

黎氏语录有一句是:"天下懒惰之人多多多,勤劳之人少少少。"这么少,我都碰到了,就像捡到一张 500 万的彩票。我确实碰到了一个很勤快的人,那就是我的组员"棒棒糖"。

棒棒糖是一个每时每刻向我献殷勤的女孩子,我曾经问她为什么要对我这个组长那么好,她坏坏地笑着说:"因为今年属马呀!"但有时候她的殷勤似乎有一点儿不怀好意,想要整我的意思。比如上周三中午,我坐在教室里慢吞吞地吃着午餐,快要吃饱了快要吃完了的时候,"棒棒糖"闪电般地出现了:"组长,你的饭吃完了,你看这儿还有菜呢!不配对不对称啊!别担心,我去给你盛点儿饭!"学校在倡导"光盘"行动,老师要求我们吃多少打多少,要吃完、要吃好、要吃饱,现在她增加分量,这不是在害我吗?于是,在她开启油门拿起我的饭盒准备发动"引擎"的时候,我把她的手拉住了,带着哭腔说:"我可爱的糖糖,我美丽的糖糖,组长求你了,别累着你了!天怪热的你吹吹风歇歇息稍降降温好吗?"可是,棒棒糖是不吃我这一套的,她笑眯眯地说:"组长,没事,为组长做事是应该的,拜拜。"说完,她挣脱我的掌控,闪电般地"飞"走了,只留下我在暗地里咬着毛巾默默哭泣——这"棒棒糖"一跑起来,脚底不是抹的糖,而是油,追不上。

当然,这个献殷勤的"棒棒糖"和我疯起来也是无人可比的,而且还常常妙语连珠,笑死人不偿命。有一天,我们在一起玩一种叫西瓜地的游戏,中途我和她叫仗的时候,她被我惹火了,对着我方人员送来一句:"今天正好是我扫地,拿把扫把来,我要把这些西瓜敲成脑残、变成傻瓜!"一句简单的话,让她的搞笑值瞬间爆表。

"棒棒糖",我很喜欢和你在一起的小学时光,虽然甜中带酸,但我也不希望时间逝去。

寻找记忆深处的我

文 / 黄逸涵

  站在镜子前,打量着自己有点陌生的身影。如今的我,长高了,聪明了,听到的夸奖多了,捧回的奖状也多了。可如今的我,已不再单纯、自由。静静地坐在窗前,看着雨珠拍打着窗户,我深深地感觉:我已经不是原先的我了,我把自己丢了。

  小时的我,是那么天真,那么讨人喜爱;小时的我,能自由地在田野上奔跑、嬉戏,任由风雨的洗礼;小时的我,能尽情地投入到大自然中,一只蚂蚱、一条小鱼,也能让我玩上半天;小时的我,活泼开朗,对世界上的一草一木,都那么感兴趣……而如今,田野上再也看不到我的身影,只有孤独的风在呼啸。小鱼小虾再也不会落入我的手中,而那阵阵欢笑声也已经绝迹。我的自由已被拦截,只能看到我端坐书桌前的模样。

  随着时光的流逝,一切都发生了改变。经过风雨的磨炼,我更加成熟了,可真有那么美好吗?一回头,看见了以前走过的路,鲜花遍地,莺歌燕舞,一切都是那么顺利。转过身,再看着前方慢慢变得弯曲狭窄的路,我愤怒地质问自己:"我走的路怎么会越来越差,是谁偷走了我的自由!"问了几遍,没有回声,只有苍凉的风在我耳边回荡。

  我找到小花儿,急切地问:"小花,小花,你知道我的自由在哪儿吗?"小花向我笑笑,说:"自由是自己掌控的,你看,我现在不是可以随便吸取甘露和阳光，多自由呀！"我不相信自由可以由自己掌控，否则，它怎么会莫名其妙地离开我？我又去问蜗牛："蜗牛，蜗牛，你看到我的自由在哪儿吗？"蜗牛晃晃自己头上的触角，意味深长地说："自由看不到摸不着，它的使用权在你自己手里。现在你丢失了，让我上哪儿找呢？"

自由，真的离我很遥远，我对它的记忆是朦胧的。我对着它呼唤，可就不能唤回它。夕阳西下，灰蒙蒙的天空中好不容易出现了一缕彩霞。我拖着疲惫的步伐走回家，影子在落日下，拉得好长好长……

再次来到镜子前，仔细端详着自己。五官没变，声音没变，可失去光彩的眼睛已慢慢变红。终于，一滴泪顺着脸颊滑落到地上，立刻钻进灰尘中，不见了。来到门前，坐在椅子上，仰望天空，云脚长毛，显然是要下雨。但我没有躲避，任由雨把我淋个痛快。一场雨下来，我被淋湿了，淋透了，可我被淋得格外清醒：自由只能由自己来掌控，想要自由，为什么不自己亲手创建一个呢？

"我登上高山，自由地飞翔在那辽阔蓝天……"哼着这首歌，我的心情舒畅了许多，自不自由，还得看我自己！

奋进·生命的起点

文 / 黎苗苗

奋进对于我是不同的、唯一的、柔软的、干净的、天空一样的，是暗夜里的星辰、深海上的灯塔、是温暖的手套、冰冷的啤酒、带着阳光味道的衬衫、日复一日的梦想。

抑或是如杜拉斯所说的那句，是疲倦生活中的英雄梦想。

不可否认，在这个日益冷漠的年代，在这个人人都懂得趋利避害做出明智之举的年代，我们越来越需要这样一种敢于奋进的精神，抛开所有瞻前顾后小心翼翼，抛开所有算计考虑惴惴不安，不计得失不问后果地投入抑或是让青春在奋进中激情燃烧。

例如白蛇，尘世中邂逅一个面容清秀的读书人，她便跑去弃了前世相守红尘，为他摘一朵花儿头上戴，扭动腰身去爱。前面是铜墙铁壁也好，杏花急雨也好，百折阻挠也好，她偏去爱人，去生子，盗仙草，漫金山，遇神杀神遇佛杀佛，歇斯底里不顾一切。

奋进，是生命开始有意义的起点……

二

这是一个物欲横流的社会。

这是一个弱肉强食的社会。

这是一个世态炎凉的社会。

一些人正在年轻着,一些人正在老去。他们的年轻,是老去的他们的昨天;他们的老去,是年轻的他们的明天。

没有谁可以抵住时光的打磨,更没有谁可以与时间抗衡。

口中再美的说辞,也只是自己向往的伊甸园,葡萄下的小伙子,也不过是你的少年梦。

之于我,每个阶段,对于奋进向前,那是成长所带来的力量。

陈乔恩在自己的日记中写道:"我不知道没有梦想向前的人生是什么样子的,因为要想在梦想的过程中快乐是一种能力,和运气没有多少关系。"她已经不是那咬着牙拼命奔跑的小孩,她没有输掉很多。忘了梦想给过现实多少时间,现实给过梦想多少支点。

一切都过去了。那些努力过了可还是失败,坚定的梦想被耻笑而前所未有的动摇,看不清未来的路的日子都过去了。

可她依然坚信自己可以奋进向前,没有放弃的理由。

奋进,是生命开始完整的起点。

三

在不同的人生阶段,自己的位置都很不同,有时候在前面,有时候在后面,而有的时候根本看不到自己。那种感觉就像是迷路的孩子,漂浮在无际的大海里,摇摆不定,看不到灯塔的方向。每当这个时候,我

都试图找一种状态，找到奋进向前的第一步。

整理出不同时候的照片，内心充满了感动。

它们和过去细微的情绪重合起来，变得生动和温暖，仿佛这些画面是有生命的。

它们跳了起来，会说话，会跳舞，会覆盖，会抽样记忆。

那些以为会永远的昨天，那些原谅后再次欺骗都变得不重要了。这些年我明白了，人应该不畏惧，要奋进向前。

奋进，是生命开始读懂爱的起点。

四

种了小栀子花树的小城街道，街边的小冰激凌店。

没有装空调的高三班。

黑板报上被撕掉的照片。

芙蓉花那粉红稚嫩的花瓣落了一茬又一茬，没有人会怀疑，所有人在最好的18岁的年华里，曾用各自的方式奋进向前。

所谓成长，无非就是慢慢地明白了，在面对生命里最本真和直接的孤独，学会凭借一己之力，以奋进的姿态向前。

4月快要结束，我在怀念这种味道。

还是播种的季节，我却嗅到了一些收获的味道。

所有的人都在埋头奋进，最感动的莫过于这种奋进的精神。

奋进，是生命开始有了颜色的起点。

结尾

五月天歌里唱道，你不是真正的快乐，你的笑只是你穿的保护色，你决定不恨了也决定不爱了,把你的灵魂关在永远锁上的躯壳,这世界笑了,于是你合群地一起笑了。

所有人在奋进向前,于是你合群地一起奋进向前。

也许你已经慢慢长大,从懵懂天真的小孩长成了青春飞扬的少年,也许你刚刚走出象牙塔,象牙塔外面是一个丰富多彩的世界。

渐渐地,你也学会了以奋进的姿态向前。

告诉自己,奋进就是生命的起点。

我低头沉思:想起你时很温暖。

家务体验

文 / 顾昊

"顾昊！你看看你的房间！这么乱！你别玩了，给我打扫卫生！"咦，这是从哪里传来的怒吼声呀？唉，实不相瞒，这就是我的暴力老妈在向我展开攻势。

军令如山，谁让我有邋遢这一"良好"习惯呢。这下好了，对打扫卫生一窍不通的我现在该怎么办呀？可军令就是军令，不想执行也得执行。

我先端来一盆水，把毛巾放进去，浸湿，再拿出来绞干。我小心翼翼地擦着，以免打碎东西，再"享受"到老妈的"紧箍咒"。我的房间特别大，所以我刚擦完半个屋子就已经累得上气不接下气了。我一屁股坐在椅子上，想休息一会儿。老天不帮忙，老妈刚好走过，见我在休息，又开始唠叨了："你休息什么呀，想当年我……哪像你们现在身在福中不知福，还不快干活！"

没办法，本想休息一下，还被老妈骂了，看来还得识时务者为俊杰呀！刚擦完，又要扫地了。对于我来说，这是件比登天还难的事。我一边挥舞着扫帚一边哼着小曲，为自己解闷。终于，我扫完地了。可一看，刚刚还一尘不染的家具现在怎么沾了一层薄薄的灰。我非常纳闷儿，赶紧找老妈问个明白。老妈听了，又好气又好笑地说："你笨呀，先擦好了当然是一尘不染，可扫地会弄得灰尘满天飞，家具不会有灰才怪。"

哈哈，原来我把顺序给颠倒了，想不到单纯地做一下家务还有这么多讲究。我又扫了一遍地，擦了一回家具。果然，效果好不少，只有地上的一些垃圾了。我一看手表，还有5分钟动画片就开播！我连忙开动小马达加快速度拖地，一不留神头撞了一下墙。可我顾不上疼痛，三下五除二草草拖了几下地就急忙打开了电视机。

打扫卫生不仅能提高我的动手能力，还能帮父母减轻一些负担。以后我一定要做一些力所能及的事，做一个孝顺懂事的孩子。

时间堆出美丽的瞬间

文 / 游可涵

有个谜语——你对它笑，它就对你笑，你哭，它就哭。很多人都回答是镜子。NO！我认为它是艺术照。

看似一个4岁的小女孩在那儿傻笑，不！其实她6岁。她双手紧紧地十指相扣，头微微地向左偏，暴牙都显露了出来。酒窝也出来了，好像在许什么愿望。那个她就是我。

看那光光的额头，不要以为是我生得美丽，其实是理发师给我弄东弄西，好半天才堆出来的。

看着这张照片，我就会不由自主地想起那天上午的痛苦回忆。

上午，我怀着愉快而激动的心情，开开心心地来到"微笑宝贝"摄影部。我一走进大厅，就有服务生彬彬有礼地说："欢迎光临！请问您需要什么？"老爸说："给女儿照艺术照。"

一阵叽哩呱啦的谈话后，我终于正式地成为了"微笑宝贝"。理发师把我摁在了椅子上，又把椅子增高后，打量了我一翻。我被看得不知所措。理发师摸了摸我的头，把发胶在我头发上喷来喷去。她再把我不多的刘海儿编成了三根辫子。她编得很快，还不时扯了扯头发，弄得我生疼。还没弄到一半，我就先去会周公了。后来，妈妈告诉我，理发师把头发给我编好时，我的鼻涕都有一尺长了。我半信半疑，表示不相信，且一再认定不可能有鼻涕，妈妈当时很认真地说真的有。

后来我才知道，给我弄头发、化妆都用了一小时，理发师还装作认真地说："哈！美女出炉总要点时间嘛！"

那次真的是让我永生难忘。那张用时间堆出来的美丽瞬间的照片，我一直保存至今。哎哟！好了，不说了，一说起来好像头皮又发疼了！

打酱油

文 / 周欣吾桐

"在家别打酱油，我走了。"暑假里，妈妈出门前总会丢下这句话。

今天，妈妈像往常一样，在我书桌上放了些钱，那是买菜的钱。妈妈中午12点多回家，我必须做好饭烧好菜。

买菜回家时，发现厨房里的酱油用完了，可是我买了豆腐呀，没有酱油如何烧豆腐呢？想起妈妈留下的话，我得好好想想要不要去打点酱油。

"打酱油"是人尽皆知的网络流行语，据说这个词源自喜剧电影《父与子》：儿子因为要考大学，刻苦温习功课，以至于走火入魔。父母让他出去打酱油，结果他拿着瓶子，一边背书一边走，撞到一个路牌，上边写着"前方施工，请绕行"。于是转了一圈，拿着空瓶子回去。空走一遭，什么也没留下，什么也没得到，如同路过。于是，"打酱油"的意思慢慢地演变成了"路过"。

"打酱油"一词在网络上疯狂流行，它自然而然地成了人们的口头禅。

我认为，"打酱油"不仅是一种普通的行为，同时它也表示了几种不同的人生态度。

有时，"打酱油"是冷漠与逃避。在社会生活中，有些打酱油的行为让人不寒而栗：老人摔倒没人扶；小偷抢劫，旁观者视而不见，不敢挺身而出；水龙头寂寞地流着眼泪……最让人刻骨铭心的事情是小悦悦事件，面对倒在路边痛苦呻吟的小悦悦，路过的行人竟然无人伸出援救之手，他们都如"打酱油"般匆匆离去，事后，这些路人遭到了社会的谴责与唾弃。但是，亲爱的人们，让我们扪心自问：如果换作是你，你会停下善良的脚步，还是明哲保身匆匆走开呢？

有时，"打酱油"是恬淡与修炼。在生活中，许多人以"打酱油"作为自己的人生座右铭："淡泊名利，宁静致远"。这样一来，"打酱油"就成了一种别样精彩的生活。就像是一场棋赛，你是观众，面对双方难分胜负的精彩决斗，你静默不语。俗话说："观棋不语真君子。"到了今天便可以说："观棋不语打酱油。"当然，如果你仅是凑热闹，夹在人群中，随性观棋，兴尽而归，或许你看到的只是一场再寻常不过的游戏而已；如果你既不是简单的路过，也不是单纯的看热闹，而是用思考的眼睛，用智慧的大脑去观棋，或许你会汲取到人生如下棋般宝贵的经验。那么，一路上，厚积的淡泊与宁静便可以让你"明志与志远"，从此，你的人生又上了一个新的台阶。

那么，亲爱的朋友们，你们认为"打酱油"是怎样的人生态度呢？

我想，不同的心态，打到的酱油一定有优劣之分，酱油的味道一定酸甜不等。

我也相信，厨艺高超的大师不用酱油一定可以做出美味清香的豆腐来，而我，呵呵，还真是打酱油的，没有这个本事呀！

嘿，我去打酱油了！

噩梦一夜

文 / 李晓

在如今发展水平越来越高的21世纪，不仅仅是科技奇葩了，连现代人生病都能病出不少花样来：什么能让人皮肤变色的"莫吉隆斯症"、得了就让患者卧床不起的"慢性疲劳综合征"……真是无奇不有。这不，连失眠都流行得可以，老少皆宜啊。于是我也跟着走了回"潮流"，"失眠"了一回，还让我长了不少见识呢！

吃了午饭，就有点打瞌睡。刚好老爸有事儿，就让我在床上躺一会儿。可不睡还行，这一躺下，瞌睡虫就发作，导致我躺在一片臭烘烘的"湖泊"里浑然不觉地混过了两个多小时，人家早就下班了，我才在那儿手忙脚乱地穿衣服，就这样，"祸根"留下了。

月亮早爬上去了，可我的精神却比喝了咖啡还好。身子拱上床，心却早就钻到今晚吃的鸡腿里了。老爸睡沙发去了，却忘记把手机拿走，这给了我一个解闷儿的好机会，于是就一直玩儿啊玩儿，玩儿到突然发现旁边的阿姨睡着了，就把灯关了，又钻到被窝里去玩儿。

也不知这么玩儿了多久，发现都十点半了，准备要睡，把手机塞枕头底下，想睡，又睡不着，只好又继续玩儿。玩儿到终于忍无可忍的地步，心一狠，又把手机塞进枕头里，总算是睡着了。

你以为这样就完了？那你的智商就Out了！失眠没有那么简单，半夜11点半的时候，我再次被折腾了起来。一看，原来是没脱毛衣，被绒被子压得满头大汗，不，不仅是满头大汗，而且是全身大汗！我脱了毛衣，冷却了会儿，才终于舒服了点，可老是觉得还有点不对劲儿……放眼一瞧，原来是阿姨把我挤到边上来了，连手脚都伸不开，难受极了。我突然开始有点理解老妈的感受了……而且阿姨嗓子还不舒服，睡的时候，那鼾声一起一伏，真像是卖菜大妈扯嗓子吆喝的声音，我脑子里不禁浮现出广场上那个胖胖的大妈在那儿跳"僵尸舞"的模样，"扑哧"一声笑出来。

真不愧是祖传，一家子，爷爷奶奶打呼，爸爸打呼，连阿姨都开始打呼了！我心想。这时，我感觉有点害怕，就摸出手机，又捣鼓起来。不知不觉，我看着看着，手机时间上居然显示出来00：00！现在是午夜12点！我尽量不让自己想那些鬼片里的怪物，竭力让自己的注意力转移到那些笑话上，冷静，要冷静！

玩了很久很久，我担心自己会这样胆战心惊地玩儿一夜，于是狠狠心，又把手机塞进枕头下。这时听见上面隐约传来蹦跳声，不禁笑了：晚上也经常听到玻璃弹珠滚动的声音，那家人想玩儿弹珠情有可原，没想到他们居然大半夜的还在那儿跳！我怀疑楼上的有强迫症……

我闭上眼，即将睡着了，脑子里忽然闪现一幅画面：一只灰色的玩具小熊在半空中飘浮着，旁边好像还有一段朦胧的配音，那声音把我震醒了。我以为是幻觉，没想到又出现了一次，我害怕了，我以为我出现了幻听。正好，阿姨半睡半醒地开始调整"迷人"的睡姿，我趁机赶紧让她挪进去一点儿，顺便让她抱着我，让我有一些安全感。于是噩梦般的一夜总算这样过去了……

昨晚折腾了那么久，早上我居然还是七点一过就起来了。睡眠真是个神奇的生物……这时，老爸走过来："真奇怪，我昨晚明明给手机充了电，怎么还是只有这点电啊……"

呃……这个当然不能告诉老爸了，我的噩梦一夜，只有自己才明白啊！

N 个与狗儿相关的镜头

文 / 李晓

我时常把我们班称为"狗狗之家",因为在这群人模人样的小孩子身上,不知有多少"狗儿"附体其中,正是这些"狗儿",给我们的学校生活增添了许多乐趣。火眼金睛的我随便给你抓几个"狗儿"吧,不信,你看——

镜头一:

大课间的音乐戛然而止的同时,我的第一反应就是撒开脚丫子赶快跑,可还是晚了一步——一只"跟班狗儿"迅速袭来,以迅雷不及掩耳之势趴上我的肩头,好像被粘上口香糖的橡胶,无论怎么甩,我都甩不掉。

"你这牛皮糖——"我回过头,对着后面那只"跟班狗儿"咆哮道,"跟班狗儿"也不理,就是死皮赖脸地趴着,满脸的笑容。排队回去时,每个同学都司空见惯又笑声不断的场景又出现了——我阴沉着脸,头上顶着一块小乌云,肩上则趴着一只"跟班狗儿",肉麻地撒着娇,简直把我当成一块骨头使……

镜头二:

"李晓——帮我——"那个我听得耳朵都起茧子的魔音再次响起,我头也不回地答道:"没有。"

"求求你了——你肯定带了钱的,就藏在某个地方……""好吃狗儿"

的面孔一下子出现在我面前,眼睛骨碌骨碌转着,而我却早习以为常。

"好吃狗儿"每天都一如既往地来向我要东西,要么是钱,鼓捣着拿去换吃的,要么是我带的能直接吃的东西,只要有,就被他翻出来,然后一扫而空。

"好东西要大家分享嘛……""好吃狗儿"振振有词的声音越来越远,我心有不甘地走着,一下子撞到一个东西,我一抬头,顿时燃起满腔怒火……

镜头三:

"那个……李晓……我,那个铅笔……还有文具袋和围巾……我会快点还你的……""赖皮狗儿"怯弱的声音飘来,眼睛里满是可怜。唉,又是这一套……

"你已经拖了三个月了,现在是来还账的吗?"我怒视着"赖皮狗儿",恨不得冲上去把他炖成狗肉汤。

"我我我……我明天还你好了……"

"需要我念一下欠条吗?"我抽出一张条子,条子长得滚到了地上,上面全是密密麻麻的小字。

"不,不用了……""赖皮狗儿"话都没说完,突然一个转身,脚底抹油地跑了。

"你给我回来!"我望着"赖皮狗儿"的背影,气得直跳脚。

镜头 N……

唉,身边围着这样一些"狗儿",让我真是哭笑不得、无可奈何呀!

餐桌上的战斗

文 / 顾昊

我天生是个"大食鬼",嗅觉比狗还灵。家里好吃的无论藏得多隐秘,我都会在第一时间内发现。吃饭就更别说了,我喜欢的菜都会进我的肚子,连一滴菜汁都不剩。

可最近我家来了一位不速之客,让我把"吃货之王"这个"王位"拱手让给了他。

话得从几天前说起,我的小表哥到我家住了几天。他一米六,上五年级,也是一位"名扬四海"的吃货。

又到吃晚饭的时间了,我的肚子拼命抗议。我看了一眼小表哥,他也正两眼放光呢。我虎视眈眈地盯着他,以迅雷不及掩耳之势去夹一块红烧肉。可还没碰到红烧肉,小表哥的筷子就挡住了我的进攻,抢先夹到肉,美美地吃了起来。

我见硬得不行,只好来软的,先堵住他嘴再说。我夹了一块鱼子,对小表哥说:"小表哥,你整天学习太累了,成绩也不是太好,吃点儿鱼子吧。它会让你识的字更多的,也会让你的成绩在班里名列前茅的。"说着把鱼子放入小表哥的碗中。可小表哥也不是笨蛋,知道我的诡计,一脸坏笑地回敬我:"小表弟呀,这么好的东西我怎么收得下呀,还是你自己吃吧。再说了,我比你大,大的理应谦让小的,你吃了它成绩更会一飞冲天的。"唉,计划又失败了!

没办法,只好使出终极绝招——先下手为强,抢!我端起我最喜欢吃的菜,一股脑儿地倒进自己的碗里。可奇怪的是,在我实施计划的过程中,小表哥居然不为所动,傻傻地愣在那里。我才不管呢,继续"作战"。当我去端最后一盘菜时,小表哥居然一下子把我的饭碗端过去,把我那些最好吃的菜全倒进了他的碗里。我目瞪口呆,眼睁睁地看着小表哥一口一口地把菜咽下肚子。谁让我比他小呢,不管嘴上还是手上的功夫都不如他。

如今,小表哥走了,我又可以乐颠颠地独享美食了。耶!我不管三七二十一,夹起一块肉就往嘴里送,一不小心噎着了。

"我以后再也不当吃货了,爸爸妈妈,救我啊。救我……爸爸妈妈,快来……啊……"

老挂钟 绿皮车 本草园

文 / 高域溪

引子

童年是什么色彩的？我问爸爸。爸爸指着窗外那轮奶黄色的大月亮，回答说：童年呀，就像天上的月辉，充满着诗一般温暖、画一样饱满的梦幻色彩。

童年是什么味道的？我问妈妈。妈妈指着糖果盒，回答说：童年呀，就像薄荷糖，含在嘴里，凉凉的，甜甜的，让人回味悠长。

爸妈的回答，唤回了我许多零碎的童年记忆。

旧式老挂钟

在我不到一岁的时候，爸爸和妈妈分别在两个不同的城市工作。爸爸独自留在日照，我跟随着妈妈到济南生活，外公和外婆负责看护我。那个年龄阶段的孩子，特别依恋母亲，每当妈妈要去上班，我都会抱住她的腿哭闹不休，企图阻止妈妈离家。不忍心看到我痛哭流涕的样子，妈妈每天早早就起床，在我醒来之前，便匆匆地出门去上班。一直到傍晚时分，她才能下班回家。

我家客厅的墙上有一面老式挂钟，是那种需要定期上发条的机械钟,钟摆总在不知疲倦地左右摆动,表针则日日夜夜地走个不停;每逢整点,挂钟都会发出沉闷的报时声。忽然有一天,我开始关注起这面钟来,因为我渐渐地发现了一个规律:当时针和分针连成一条竖直线,挂钟就会"当当当当当当"地敲响六下,而每到这一刻,就离妈妈进家的时间不远了。

从此以后,每天下午睡醒觉,我都会乖乖地坐在挂钟下,盯着钟盘看。每当傍晚六点的钟声敲响,我便急不可耐地推开房门,站在楼梯口,不断地向下张望。当妈妈拎着大包小包好吃的食物,出现在我的视野中,那一瞬间便是我最幸福的时刻。

绿皮火车

随着我年龄的增长,妈妈开始带着我去日照探望爸爸。我们通常乘坐济南和日照之间对开的一班城际列车,这班车属于老式火车,设施简陋,没有空调。由于车箱的颜色是墨绿色的,所以被人们称为绿皮车。

每次去日照,妈妈都会把我和她自己打扮得漂漂亮亮。想到几小时后就能到达爸爸的城市,我和妈妈都很兴奋。一路上,伴随着列车"咣当咣当"的歌唱声,我和妈妈不停地吃东西、做游戏,欣赏窗外美丽的风光。虽然车内的环境不是很好,但这丝毫不会影响我们快乐的心情。

在日照的几天中,我和妈妈享受着女王与公主的待遇。爸爸为我们提供接站,请客吃大餐,全程陪同参观风景区等一系列优质服务。

欢乐的日子就像长了翅膀,过得飞快,转眼间,返程的时间到了。爸爸把我们娘儿俩送到绿皮车上,一家人依依不舍地告别。列车缓缓开动,透过车窗,看到爸爸依然伫立在风中,朝我们不断地挥手,我哭了……小小的年纪,我就开始学习如何面对相聚的欢乐与别离的伤感。

后来,我们全家人都迁到了日照,我很少再有机会坐火车出行。听说绿皮车已经分批退役,正在被更先进的新型列车取代,我心中常常会涌现出一丝惆怅。

我永远忘不了曾经坐过的绿皮车,忘不了它的车轮在铁轨上行驶时所奏响的交响乐,忘不了它像老人一样喘息着穿越山林与田野,忘不了它曾带给我们全家的快乐时光……

本草园

本草园是我童年的一块乐土。在我 4 岁的时候,妈妈辞掉了济南的工作，带着我来到爸爸身边。当时我家在医学院里租了套房子，于是，我便成了本草园的常客。

本草园是医学院的一块教学观摩基地，同时也是大学生们学习与休憩的小公园。园中种着许多中草药，有曼陀罗、醉鱼草、决明子等.那些植物的名字都很好听，有些还会开出奇特的花，金银花便是其中最有代表性的一种。

金银花的学名叫忍冬，是一种多年生藤本植物。每到春末夏初，它就会从心形的绿叶间发出许多细长的花骨朵，不久，这些花蕾竞相开放，此时你会发现：盛开的花朵竟然有两种颜色——一种是像阳光一样的金黄色，另一种则是像月光一样的银白色。两种颜色截然不同的鲜花，同时存在于一株植物上，这种情景真是令人称奇。

金银花的花苞可以入药，具有清热解毒的神奇功效，能够治疗感冒及咽喉肿痛。金银花的花期很长，它的鲜花会散发出一股浓郁的药香味。飘浮在空中的花香，常常引来蜜蜂与蝴蝶光顾。我喜欢在金银花丛中穿行，一边追逐着漂亮的蝴蝶，一边嗅闻着醉人的花香。

后来，我家搬离了医学院，可是我却总也忘不了那片美丽的本草园，忘不了那些带有太阳颜色与月亮颜色的金银花，忘不了花间翩翩飞舞的蜂蝶，忘不了园中大哥哥大姐姐们朗朗的读书声……

尾声

如果有人问我：你童年中最难忘的是什么？

我会告诉他：是墙壁上的老挂钟，喘着粗气的绿皮火车，还有那片混杂着花香与药香的本草园。

元旦抒怀

文 / 匡天龙

在汉语里，元是"初"、"始"的意思，旦是"日子"的意思，元旦合起来就是"初始的日子"，也就是一年的第一天。在过去的一年，不管是忧伤还是快乐，是失意还是辉煌，是失败还是成功，都已成为历史，如过眼云烟，而现在完全是一个崭新的开始。新的历程，新的起跑线，新的景象，新的感受，新的机遇，新的思路，新的计划，新的局面，新的挑战……

在过去的一年，我们没有实现的理想，没有完成的目标，没有来得及做的事情，在新的一年，我们都可以通过自己的努力逐一去完成和实现。

在新的一年，我们可以重新规划自己的人生。不记得是谁说过，有理想的人，什么时候都不会晚。在这样一个催人奋进、生机勃勃的新年里，我们更加有勇气，更加有信心。

"盛年不重来，一日难再晨，及时当勉励，岁月不待人。"时间就像一条东去的河流，不舍昼夜地从我们身边匆匆而逝，来不及回首，我们的脸上就被岁月无情地镌刻下了深深的痕迹。每每站在新年的门口，我总是感叹时光之匆匆，思量着如何才能扼住时间的脖子，让自己的青春在有限的生命里闪光增彩。也许珍惜每一个昨天，把握每一个今天，超越每一个明天，就是最好的方式。

新的一年开始了，我微笑着，歌唱着，祝福着，迈着大步走向春天，去迎接另一个盛世华章。

快乐迎新年

文/匡天龙

新年携着昨日的辉煌和明天的憧憬，飞奔而来。我们在新的阳光下迎接你：新年，你好！

新年无疑是欢乐的。生命的年轮由四季的轮换镌刻，人生的段落由岁月的交替组成。昔日的一切，无论是沮丧还是荣耀，是成功还是失败，都已经成为人生的一段经历。昨日的成功，鼓舞着我们；昨日的挫折，鞭策着我们，激发了我们对美好生活的怀念，叫我们执著而自信地前行。

新年来了，春天也来了。我们在春风里播种，在夏雨里耕耘，在秋阳里收获。新年给我们带来春夏秋冬，带来风调雨顺，带来山的青、水的绿，带来矿山的新面貌，带来神州大地的新容颜，带来民族的振兴和祖国的富强……

在昔日的时光里，如果你欣慰于曾经有过的拼搏与劳作，那么你就欢乐地微笑吧。无论是琐碎的家务和忙碌的工作，无论是缠身的病痛和撕心的离别，无论是眩目的荣耀和哗然的掌声，都已经淹没于你问心无愧的时光中，你有什么理由不轻松一刻呢？即使生命依然有扯不清的疙瘩，有生存的压力，有难捱的挫折，新年是一扇窗，毫无疑问它会把一片充满希望的阳光，展现在你面前。

新年快乐——让我们把美好的祝福，当成对自己和他人的喝彩。让我们胸怀一种愉悦的心情，快乐地踏上新的人生之旅吧。我们不必期待每一年的生命中都闪现出眩目辉煌，只要心中有"快"有"乐"，生活必然是心安理得，是美好的、幸福的。

快乐的"六一"

文 / 张清晴

我的童年是快乐的,我去过许多地方旅游,吃过各地的美食,玩过各种游戏。而最令我难忘的是那年的"六一"游园活动。

儿童节那天,我参加了英语快乐直通车的游戏。还没到上课时间,我就兴高采烈地来到了活动地点,我们听完校长的发言后,活动就开始了。

我先来到玩"看单词,说同类"这个游戏的地方,老师抽了一张上面写着"apple"的卡片,我连忙大声说:"Banana。"老师微笑着说:"Good!"然后就奖了三粒糖给我。尝到甜头后,我得意扬扬,叉着腰,又来到了"看字母,说单词"的游戏地点,老师正拿了一张上面写着像2一样的字母——Z的卡片出来,旁边的同学都在苦思冥想,我急中生智,说:"Zoo。"老师看了看我,竖起了大拇指,说了声"Good",又奖给我三粒糖。我哈哈大笑着说:"哦耶!好简单!"我转了一个大圈,又回到了第一次玩游戏的地方,老师拿了张"Fly"的卡片出来,我想都没想就说:"Apple。"老师笑着说:"No,是Read。因为Fly是动词,所以它的同类也应该是动词。"对呀,多么简单的小知识,我居然忘记了。老师看我懊恼的样子,抚摸着我的头,温柔地说:"没关系,下次想清楚再回答。"由于答错了,我只得到了两粒糖……

时间过得真快,不一会儿就下课了,我们的活动也结束了。我的口袋里装了满满一口袋糖果。通过这次游戏,我懂得了一个道理:做任何事都不能轻敌,得意忘形就会失败。

游悉尼歌剧院

文 / 李恒嘉

在澳大利亚，有一颗明珠，绚烂夺目，仿佛有着魔法，吸引了世界各地的瞩目，它就是被称为"世界歌剧中心"的悉尼歌剧院。这个暑假，我有幸一睹了它的风采。

在导游的带领下，我们从码头启程，登上轮船朝悉尼歌剧院与悉尼港湾大桥前进。远远望去，悉尼歌剧院好像几艘米黄色的帆船并列一起，在太阳的照耀下，散发着柔和的光芒。享受着舒缓的海风，我们一边品着茶，一边慢慢地前进着。刚才还是激动的心，此刻也随着有节奏的波涛起伏，一起安静了下来。

近了，近了，就是现在，悉尼歌剧院与悉尼港湾大桥完美地融合在了一起，组成了一幅美丽的图画。歌剧院屹立在海上，如同一位孤独的人。不，它并不孤单——因为它有了悉尼港湾大桥的陪伴。当它俩凑在一起时，居然没有任何不适合，反而让人觉得像天生就应当在一起似的。

远远观赏了一阵歌剧院之后，我终于可以近距离地和它接触了。

下了码头，歌剧院好像有一种无形的吸引力，引我上前，慢慢地接近它。真没想到，这现代建筑史上巨型雕塑式的典型作品，澳大利亚的象征性标志，被联合国教科文组织列入《世界文化遗产名录》的建筑居然会在我的面前展现，并且可以与它触碰。在一阵激动后，携着和煦的海风，和着音乐的节拍，我慢慢走上了那碎花岗石台阶。

可别小看了这些台阶，它可是四十年前建设者们为了方便观众有意而为的。因为这儿是世界歌剧的中心，所以为了形象与整体的美观的需要，剧院要求来这里看歌剧的人，男士必须穿皮鞋，女士必须穿高跟鞋。倘若用平整的大理石做台阶，远远望去，亮闪闪的一片，漂亮是漂亮，但一到下雨天，麻烦就来了——沾水的大理石很滑，穿皮鞋和高跟鞋的绅士太太们就很容易摔倒。细心的建设者们把花岗石打碎，再铺组成碎花岗石台阶，既美观又解决了刚才所说的大问题——这小小的改动，不知方便了多少人！从导游那里知道缘由后，我不禁为他们的细心和用心而动容和震撼。

上完台阶，导游带我们近距离地绕行了歌剧院一圈。在绕行时，我又发现了一个特别的地方：这儿外边的瓷砖不像别的奢华场所那样白，那样亮闪闪的，而是有些淡黄。"这是为什么呢？不会是年代久了，瓷砖黄了吧？"赶紧向导游请教后，答案让我很是震惊——这样做是为了避免光污染！因为悉尼港湾大桥离这儿很近，如果歌剧院的全是白闪闪瓷砖，瓷砖反射出来的光就会影响到过往的车辆与悉尼港湾大桥的整体美感！讲到这里，我不禁佩服起外国人来了，他们在四十多年前居然就想到光污染这等现代社会的严重环境问题。而且为了不造成污染，居然放弃了一个为歌剧院的美丽添彩的机会，这种精神就称得上是一个传奇了！

还在石阶的下面，我就隐隐约约地听到了舒缓的音乐声，那一刻，我觉得自己的身心都被这优美动听的声音吸引了。走进歌剧院，我的心，伴随着若隐若现的乐曲，慢慢地镇定了下来：攀登石阶后的疲惫与急促的心跳完全没有了，而是换成了一种舒适的感觉。缓缓的音乐声伴着我前进，路过的人——不管男女老少，都优雅地端着酒杯，踩着调子，慢慢前进。这种音乐居然那么神奇，能让人的情绪、行为都发生改变。我急不可耐地去寻找这音乐的源头——到底是怎么样的人，怎么样的东西，能有这么神奇的魔力？

　　走过一条条宽敞的道路，穿过一群群拥挤的人群，我感觉，这个音乐的源头就要到了！因为音乐已不再若隐若现，而是成了一个个跳跃、活泼的音符。走到一个转角处，我相信，只要转过这个角，就能来到音乐的源头了！深呼吸一会儿，我猛地转过身望过去。可结果却让我失望——美丽的大门紧锁着。上面的英文告诉我们，因为里面的人在排练晚上要演奏的曲子，所以禁止入内。

　　在干净的长廊里慢慢坐下，耳边依然飘荡着如诗如画般大气磅礴的音乐，但，不知为何，渐渐变得有些悲伤。就在我无比沮丧准备离开时，一阵充满鼓励色彩的音乐传了过来。那一个个富有活力的音符似乎在催促着我，我刚才那就要沉寂的心又充满了力量！此时此刻，我终于深切感受到了那吸引世人的魔法，那令世界瞩目的力量——那，就是音乐！

　　我的眼睛慢慢闭上，脑海随着音乐遐想，这一刻，我感觉，自己进入了这个庄重、优美的殿堂，台上，一名年轻的指挥家身穿燕尾服，优雅地挥动着手中的指挥棒，带着特殊的和谐，开始了演奏。音乐声潮起潮落，我好似一会儿进入了一个美丽的花园，一会儿又翱翔在天空中……不知过了多久，睁开眼，站了起来。虽然音乐已经结束，但我心中，燃起了奋斗的火花。

　　虽然这次没有近距离感受到它那神奇的力量，但我相信：将来！我一定会进入那庄重典雅、光芒四射的殿堂，穿上华丽的燕尾服，拿起指挥棒，在空中画出美丽的弧线，和台上的演奏家一起，为世人演奏出那如梦般的音乐！

刘公岛·屈辱史与强国梦

文/成涛

暑假,我们一家三口沿海北上。一路上,我们欣赏了人间仙境蓬莱阁的如诗如画,饱览了海上奇山崂山的奇特风景,其中,给我印象最深的还要属那拥有悲壮历史的刘公岛。

站在轮船的甲板上,水天相接处有一座拇指大小的岛屿在碧蓝色波涛中不断摇曳。我知道,那就是刘公岛。看起来,它好像随时都会被海浪吞噬,可在世人心中,它却犹如那定海神针一般,永远屹立在众人的心头。

近了,近了!在那湛蓝天空下,矗立着一尊线条粗犷的巨大石像。它的腰板是那样挺直,身姿是那样伟岸,目光是那样的坚定与执着。他手执长筒望远镜,遥望着远方……"丁汝昌!"——"那个不屈的男人!"我在心中呐喊。

上了岛,我不由自主地向他走去,因为,在这个不屈男人的后面,昔日洒满热血的战场,如今建起了甲午战争纪念馆。满怀对勇士的崇高敬意,我缓步走入纪念馆。一件件展品,一幅幅图画,向我讲述了一段段屈辱的历史;邓世昌、丁汝昌、刘步蟾……在我心中树起了一座座丰碑。

"余绝不弃报国之大义,今惟一死以尽臣职。"丁汝昌是这样说的,他也是这样做的。在威海卫之战中,他指挥北洋舰队抗击日军围攻,但未得到上级命令,无奈港内待援,致北洋海军陷入绝境。最后在弹尽粮绝、援军来援的希望破灭之后，丁汝昌拒绝了顾问伊东祐亨的劝降，服毒自尽以谢国人……济远号上，凝望着对面的日敌，因弹药用尽，邓世昌满脸决然，毅然下命，撞向日舰"吉野"……"定远"舰身受重伤，弹药用尽。为使舰只不落敌手，刘步蟾毅然决定沉船。"苟丧舰，必自裁"，就在定远舰沉入祖国海湾内的当晚，刘步蟾，这位海军名将践行了自己的誓言，在刘公岛自杀殉国……

　　出了纪念馆，我又怀着沉重的心情参观了附近的展览馆。那里展览出了近代打捞出的定远号、济远号、致远号等在甲午战争参战的当代军舰和军舰模型。铁锈斑斑的烟囱，一颗颗充满沧桑气息的炮弹，满是弹孔的甲板，威武壮观却残破不堪的舰炮、锅炉，无不使我心情澎湃，感慨万分。那巨大的锚尤使我心沉重。"1894""1895"——铁锚上所刻的这两个黑色的数字让人更是抬不动脚步。因为这几个数字记录刘公岛上，北洋水军那段为抵抗外来侵略者而不惜用自己生命捍卫祖国领土与主权的悲壮历史。

　　少年智则国智，少年富则国富，少年强则国强。作为21世纪新主人的我们一定要铭记这段屈辱历史，从现在做起，从自己做起，为实现中华民族的伟大复兴作出自己应有的奉献！

臭美老姐的那些事儿

文 / 顾昊

"等等,口红还没涂呢,不能出发!"

"哎,眉毛还没描呢,等等我!"

听这声音你一定会猜这是谁吧,她呀,就是我那臭美的老姐。

老姐很胖,但衣服却总是要挑小几号的,结果衣服不是没穿两次崩坏了,就是回家穿的时候发现太小了重又去换。可老姐却若无其事,照样我行我素。

那天,我和老姐去逛街。我早已"全副武装",可老姐却忙前忙后,一会儿描眉毛,一会儿涂口红,忙得不亦乐乎。我坐在一旁不住地问:"好了吗?""还没呢,就一点点了。"老姐一边应付我,一边化妆。等到我快要睡着时,老姐才说好了,却仍然是一副意犹未尽的样子。就这样,一个小时已过去了。

虽然已经到了中午,可老姐却毫不知情,一直逛到我快饿扁时,老姐才说:"去吃饭吧,我有点饿了。"我一听一蹦三尺高,兴高采烈地拉着老姐去吃KFC。

可还没等我吃够,老姐就急吼吼地催我:"好了,快点,再来两份打包走。"我一听,心一沉:完了!果然不出我所料,我的脚都走得快骨折了,可老姐却浑然不知,继续精神百倍地闲逛。

到了晚上，我和老姐拎着大包小包气喘吁吁地回到了家。我一下子躺在床上，舒展开四肢，唉，可怜我的小身板儿。老姐却轻飘飘来了句："今天不够，明天继续。""Oh！ My God！"我绝望地大叫。

第二天早上，天还没亮，老姐就开始打扮了。她一会儿穿这件镂空花连衣裙，一会儿穿那件长袖公主裙，一会儿试这双凉皮鞋，一会儿试那双水晶鞋……

天亮了，老姐的"全身装修工程"也终于收工了。你瞧，头发被她梳得丝丝不乱，眉毛被她描得好像乌鸦的羽毛，脸粉扑扑的，身穿一件宫廷雪纺连衣裙，再配上一双水晶鞋，简直是"胖子仙女下凡"。

就这样，暑假里我和老姐逛街48天，走了大约一百条街，买了大约四百样东西。我陪着老姐这么多天，按理说也该是满载而归。可让你绝对意想不到的是，我只添了条新牛仔裤，却瘦了足足5斤肉。

老姐呀老姐，算小弟求你了，不要再这么臭美了！不然小弟的命恐怕保不住了。老姐，求求你了！

感谢,那阵幸运的风

文 / 黄逸涵

幸运星,曾在我们班流行多时。看着那一只只小小的星星躺在手心,人人心里欣喜不已。如此可爱的幸运星,制作的过程却不易。

在我9岁时,我曾看见那些大哥哥大姐姐们拿着一把星星纸,挑起一根,两手翻花,动作快得令人眼花缭乱。挑、折、叠、捏,经过几个步骤,一个幸运星就诞生了。看看那些幸运星,图案是如此美丽,形态是如此多样,有小熊维尼,有米老鼠,有漂流瓶,还有爱心……不同个数的星星,代表的心愿也不同。

我也眼馋了,每次都躲在角落里,偷偷地看高年级的哥哥姐姐们怎样折,无奈他们动作实在太快。最终,我只好硬着头皮,找他们拜师学艺。看着这些星星纸在师傅们的手里如此听话,想让它们怎样就怎样。我信心满满,觉得折星星也不过如此。我接过一根星星纸,学着师傅们的样子依葫芦画瓢。可是怪事出现了,在师傅手里那么听话的星星纸,在我的手里却那么顽皮,怎么也折不好。

我不着急,而是继续耐心地学着。终于,一个像模像样的星星诞生了。看着它躺在自己的手心里,我万分高兴。

我成了我们班的折幸运星小达人,也收了一些慕名而来的徒弟。我像当初师傅们教我一样,手把手教着徒弟们。他们起初也跟我一样笨拙。瞧,倪郁冬折出来的幸运星缺胳膊少腿;樊佳怡费了九牛二虎之力也没能把幸运星鼓起来，仔细检查，发现在打雏形的时候压得太扁了……不过，功夫不负有心人，他们折得越来越精美，技艺也越来越纯熟了。

看着他们不断地进步，我无比的欣慰。渐渐地，我不满足于此，开始积攒星星，5个，10个，20个，100个，500个……盒子放不下了，放瓶子；瓶子放不下了，放罐子……由于要折的幸运星非常多，因此需要耗掉大量的星星纸。几乎每天都能看到一个扎马尾辫的女孩从小卖部满载归来，兴冲冲地抱着一包星星纸，出现在教室门口。她，当然就是我了。积攒了好久，终于攒满1000个了！看着这满满一罐幸运星，我开始沉思，该许什么愿望呢……

幸运星，是幸运的使者，也是汗水的结晶。谢谢你，曾带给我们一份温馨，一份快乐。

我现在还不能把影子扶起来

文 / 张佳羽

心欲纵马,响鞭及天。所有的城门,都关不住流星的滑落。它移开自己原来的位置,以射线一样修长的光芒,宣告冲动不同凡响的鲁莽。事情已经做了,黑夜可以抹去它经过的痕迹,却指挥不动它反悔时候的还原。

一个人穿着流星一样的外衣,夺去一片灯光明媚的相处,也不能使自己永恒地光鲜。那惊异的一闪,激起议论纷纷,如拳击,砸疼一干经意与不经意的视线,站齐了,朝这看,再趾高气扬,终归挽救不了紧随其后的灭失。

风再忙活,也舔不干净地上的尘土。即便摇断树枝,只能显示自己的蛮力,不能构成完胜的赌局;即便挥汗如雨,地面同情它急切的付出,阳光照样教乱尘搬回本属于它们的住处。规律可以短时间忽略和置换,难以因为狂热,彻头彻尾地改弦易辙。

心欲往往凌驾于规律之上,做一些类似探索性的冒险。

海是倒过来的蓝天,却非常生气地剪断试图穿越海魂的翅膀。惊涛拍岸,是一种暴躁的警告;翻江倒海,不过是对胆量搏杀式的检测。它以深不可测的水,证明安生在此的鱼,嘲笑鸟借助空气的浮力获得的自由,是认识上的狭隘与主观上的人身攻击,但绝对反感鳞片以外的偏执型的飞翔,坠入水下搅局。

翅膀听命于天，折戟于地。

流星的壮举是想表明自己可以飞翔，但向下的加速度，与臭氧层摩擦出熊熊燃烧的热量，旁证了钻木取火的起源是可信的，并没有得出严肃的结论：这就是飞翔。它在未到达目标以前，魂飞魄散，百寻不见。

风知道自己不会飞翔，但将纸鸢送上天空以后，巴掌都拍红了。它巧妙地回避了非常尴尬的问题，让傀儡一样缺少生命体征的纸壳，代替自己飞翔。雄鹰的误判只能赞叹玩物的逼真，不能回报勾引的芳香。

鸟的凌空盘旋，对海形成监视。它偶尔扑向大海，抢夺一尾自诩机灵其实滑稽可笑的鱼，以为对海不宣而战终获全胜。海以啸闹的架势，招鸟进来入住，没有一只雄视天下自命不凡的家伙，敢于承受海的邀请。

所有知趣的忍耐，都与险象环生的境遇脱离。不能管住自己超越乏术又少支点的鲁莽，就等于投奔了死亡。

我介于天地之间。朝上，没有翅膀，不能登天；朝下，没有鱼鳞，不能入海。但心欲的挣脱，偏偏比生命体征的感知来得更为浪漫主义，想天又想海。天廷妙境，龙宫福地，岂能被千年神话束缚？

神话秀色可餐，远离艰苦卓绝的现实。心欲大都沉浸于神话里，欺侮失控的盲动，去为自己殷勤地丧葬。说什么都遭到抵制，就什么都不要说。千万次的问，对外发言人的回应只有一句：很遗憾，我现在还不能把自己的影子扶起来，你指例来看，谁能做到？

等待友谊

文 / 刘奕含

我有一个知心的朋友,她就是陈醉。别看她在上课时细声细气的,平时可是只"母老虎"。

一次,陈醉骑自行车来我家玩儿。我呢,一开始十分的大方,接着就变得小气起来。她想要玩我的学习机,我不让;她想看电视,我也不让;她想玩我的皮球,我还是不让……最后,她生气地大声说:"你太没义气了,我们绝交吧!"说完,她就骑着自行车回家了。

陈醉走后,我十分后悔,后悔我的小气,后悔没有追上去,后悔没有向她道歉……

从此以后,在学校看见陈醉时,她也不会理我,只有在给我检查作业的时候才会说上几句话。其余时间,我想向她道个歉比登天还难。我暗自心想:既然她不同意我跟她和好,那我就天天等着她。什么时候气消了,她肯定会与我和好。

我买了一盒口香糖,每天早晨把口香糖倒在桌上,然后一粒又一粒地数:"她会跟我和好,她不会跟我和好;她会跟我和好,她不会跟我和好;她会跟我和好,她不会跟我和好……"几乎每次数到的都是"她会跟我和好",那时我就会兴高采烈地上学去。可是却怎么也等不到她跟我冰释前嫌。我彻底失望了,我知道这道裂缝再也难以愈合了。

从那以后,我在家里只管埋头写作业,在学校里也是无精打采的。

奶奶见了十分心疼，意味深长地说："奕含啊，友谊是靠自己主动争取而得来的，不是靠干等等来的呀！"听了奶奶的话，我如梦初醒，就像花儿得到了水一样容光焕发。

第二天，我向陈醉道了歉，她也原谅了我。于是，我俩又重新牵起了手。

我和滑板的故事

文 / 倪泳楠

我有许许多多的玩具,但我最喜欢的是滑板,是它给予了我勇气,是它让我懂得了坚持。

以前,看见别人玩滑板玩得不亦乐乎,我羡慕不已。妈妈见我那眼馋样儿,明白了我的心意,便对我说:"只要你期末考试能考到95分以上,我就给你买一个。"

"好啊,好啊,我一定考到95分以上。你一定要说话算话哦!"我欣喜若狂地说。

在星期天,我一直在书桌前,翻着语文书和数学书,不分昼夜地学习,两天都没出过门。真是可怜了我的眼睛,都快成熊猫眼了。不过,为了滑板,值了。妈妈看见了,就不许我再看书了,说我明天期末考试会无精打采,考不好的。但我为了滑板,根本没有把妈妈的话放在心里。我在被窝里拿着手电筒看书,不知不觉就睡着了,手电筒开了一夜。

到了第二天,我十分认真地考试,考完了,就认认真真地检查。功夫不负有心人,我语文考了98.5分,数学满分。一路上,小鸟在为我歌唱,花儿为我绽开笑脸,大树为我起舞。回到家,妈妈就把滑板给了我。我立马接过滑板,玩了起来。

我一踩上去,就摔了一跤,差点当场哭出来。接着我比较小心了,扶着桌子踩了上去。我学着别人的样子,扭起了腿。可我的腿刚一扭,又摔了一跤。我爬也爬不起来,一边哭一边想:我费了那么大的工夫,才得到了你。而你却硬要和我作对,哼,我不玩你了!

滑板静静地躺在那儿,好像在说:"小主人,不要灰心,你应该学会坚持,难道没有听到过'不经历风雨,怎能见彩虹'吗?"我顿时充满了勇气,虽然又被摔得鼻青眼肿,但我没有放弃,最后终于学会了。

如今,滑板已经又破又旧,但我永远爱着它。

莲花,你在哪里?

文 / 陈欢欢

这是两个女孩的故事,一个女孩叫铃铛,另一个比铃铛大一岁的女孩叫莲花。

生命里,能陪你走过十年的人并不多,或许根本没有,如果现在你已经拥有了这样的人,记得要好好珍惜,好好相守,永不分离。

——题记

相识

那是一个风和日丽的下午,铃铛家里来了一对母女。铃铛的母亲向铃铛介绍着眼前的陌生人:"铃铛,这是阿姨,来,叫阿姨!"

"阿姨……"稚嫩的童声清脆悦耳,铃铛瞪大了眼睛望着陌生女人和她身旁的小女孩,转过头向母亲问道:"妈妈,她是谁啊?"

铃铛母亲地回答:"这是阿姨的女儿,你要叫姐姐。阿姨是妈妈的朋友,他们一家人搬到我们隔壁院子了,你和姐姐去玩儿吧!"

铃铛乖乖地点了点头,转身走到小女孩身旁,牵起她的小手跑了出来。铃铛和小女孩一直跑到了巷子里,她们在一条长石凳前停住了。小女孩有些错愕地看着铃铛,铃铛也笑嘻嘻地看着小女孩。铃铛走近小女

孩问道:"你叫什么名字啊?"

小女孩脸红扑扑的,像一个红苹果一样,她回答道:"我叫莲花,你叫什么啊?"

"我?我叫铃铛啊!你们家搬到隔壁院子了么?"铃铛露出天真无邪的笑容。

"是呀!铃铛。"莲花眨巴着眼睛。

阳光这么的灿烂,寂静幽深的小巷也因这两个小天使变得生机盎然。

铃铛和莲花就这样认识了,当时铃铛只有6岁,莲花也只有7岁。

相守

这年铃铛11岁,莲花12岁了。

"莲花,下来!莲花……"楼下传来铃铛的声音,莲花从楼上窗口探出头来。

"什么事啊?铃铛。"莲花清秀的脸上写满了疑惑。

铃铛掀开散落在肩旁的发丝,抬起头望着莲花:"来呀,快下来,去我家玩啦!"

"好啦,知道了,我马上就下来……"莲花的马尾从窗口一闪而过。

过了一会儿,莲花就下来了,走到铃铛面前:"走吧!"

铃铛笑嘻嘻地牵着莲花的手,当时正值寒冬,铃铛的手凉凉的,而莲花的手却温热无比。一丝丝的暖意从手心传递到了胸口,这是友谊的温度。

走到半路,莲花突然问铃铛:"去你家里玩什么啊?"

铃铛又露出她那纯真无邪的笑容,回道:"我妈昨天给我买了一个芭比娃娃,好可爱的!"

"哎呀,你多大了啊?还玩儿那个?"莲花捂着嘴笑道。

"你又不是不知道我喜欢玩芭比,还笑我?"铃铛嘟着嘴说着。

"本来就是,你就是个小丫头……"莲花捏着铃铛的脸。

铃铛不配合地把脸转到一边:"你还是一个小丫头呢!"

"哈哈……""嘻嘻……"

两个人的笑声传遍了整个巷子。

铃铛家里。

"莲花,你在客厅等我哈,我去拿芭比娃娃!"铃铛对着莲花说。

"你去吧。"

铃铛满心欢喜地拿着芭比娃娃往客厅走来,一个不小心把厨房里的一个古董花瓶撞到了,"哐当……"一声巨响传来。

铃铛妈妈和莲花都闻声赶来，只见铃铛拿着芭比娃娃站在那一片碎瓷片中。

铃铛妈妈看到了眼前的一切，顿时怒气冲冲，指着铃铛就是一顿骂。看着毫无反应的铃铛，铃铛妈妈更是火冒三丈，一把把铃铛拽了过来，一耳光就扇了过去。

"你知道那个花瓶有多贵么？"铃铛妈妈怒气不减。

被打的铃铛这才反应过来，早已泪流满面。

站在一旁的莲花把这一切都看在眼里，她很伤心，看着铃铛被打她伤心，看着铃铛被骂她伤心，可是她却无能为力。

等到铃铛妈妈走了以后，莲花冲上前去抱住铃铛，她看着怀中不停抽噎的铃铛，心里一酸便也跟着哭了起来。

莲花一边擦拭着铃铛的泪水，一边说："铃铛，别哭了，没事了！有我在。"

铃铛看着比自己哭得还严重的莲花，停止了哭泣："莲花，你别哭啊，我没事没事……"

"铃铛，以后我会一直守护你的，不让你受欺负……"莲花没有理会铃铛说的话，把铃铛抱得更紧了，在铃铛耳边喃喃自语。

铃铛听到莲花的话心里暖暖的，鼻头一酸，抱着莲花哭了起来。铃铛边抽噎边说："谢谢莲花，我也会一辈子守着你的，我们永远不分开！"

两个人就这样抱着哭了好久好久，至于是多久，早已记不清了。只记得她们都向彼此许下了诺言，可是当时她们还小，还不懂……

最后的晚餐

这年铃铛14岁了，莲花15岁。此时两个小女生早已出落得亭亭玉立了，但是她们的感情依旧不变……

"喂？"

"喂，是铃铛啊？"听筒里传来莲花纯美的声音。

"是我，莲花，我妈他们回老家了，家里就我一个人，过来陪我吧！"在电话的另一端传来铃铛清脆悦耳的声音。

"哦？好吧！等着我，我马上过来……"

挂断了电话，莲花就径直往铃铛家来。到了铃铛家，莲花发现门没关，便直接走了进去。她正在纳闷儿的时候，却看见铃铛一个人窝在沙发里，她快步走上前去，盯着铃铛问道："你怎么了啊？"

铃铛抬起头可怜巴巴地看着莲花："我还没吃饭，我饿了……"

"扑哧……"莲花忍不住笑了出来，"怎么不做啊？"

"不会嘛！"铃铛白了莲花一眼。

"不会？哈哈，等着，家里有什么？"

铃铛迟疑地看着正在挽起袖子的莲花，心里充满疑问："你会啊？"

"哎呀，小意思啦，看我的！"

"呃……"铃铛不是很相信，"冰箱里有黄瓜和肉……"

过了半个多小时，躺在沙发上睡着的铃铛被莲花叫醒。

"快过来吃饭啦！"

铃铛走到餐桌前，看着桌上一碗热腾腾的饭和一盘黄瓜炒肉，两眼直放光，冲上桌就开始吃，狼吞虎咽，毫无吃相。

"哎呀，有那么饿么？慢点吃！"旁边的莲花着急地看着铃铛。

"呃……唔……呃……"嘴里包着许多饭菜的铃铛支支吾吾的不知道在说些什么。

饭后，"莲花，明天你还来吧？"

"嗯，怎么了？"

"没有，记得来哈，一定哦！不然我又得饿肚子了。"铃铛无奈地

说道。

莲花满脸堆笑，刮了铃铛的鼻子一下。

"夜深了，我回去咯！"莲花说。

"好吧，路上小心，晚安！"

"晚安！"

离开

第二天一大早，客厅里的电话响起来，铃铛不耐烦地从床上起来接电话。

"喂，谁呀？大清早的……"

"铃铛，我们搬家了，马上就走了。"莲花急促的声音传来。

"啊？为什么搬家？搬去哪里？"铃铛这才清醒过来。

"因为爸爸工作的原因，我要走了……"

"嘟嘟嘟……"莲花那头挂断电话。

铃铛一把扔下电话冲出门，她刚到莲花家时，一辆黑色轿车开了出去，她看见车里有莲花。

"莲花，莲花，莲花……"铃铛追着车跑了好久，泪都要流干了，声音都喊破了，前面的车依然没有停下来，很快就消失在铃铛的视线外……

一句话也没有说上，铃铛就这样和莲花失去了联系，铃铛不知道莲花在哪里，也打听不到莲花的消息……

就这样过了两年，铃铛16岁了，她依旧没有莲花的消息。

"铃铛，过来吃饭了……"铃铛妈妈叫着。

"好，来了……"

餐桌上好多菜，铃铛唯独吃了黄瓜炒肉，只是今时的人不在，味道也不对了。

吃过后,铃铛回到房里,想着那盘黄瓜炒肉,想着那最后的晚餐,想着那消失的黑色轿车,不禁再次潸然落泪。

"莲花,我好想你,你在哪里?"

当我们与他们失之交臂时,那些承诺和誓言不是我们所能控制的!抓不住了才知道,其实他们也只是我们生命里的过客……

与众不同的我

文 / 于婉晴

一个人就是一片绿叶，亿万个地球人就是满满一树林的叶子。在这亿万片叶子中，没有哪两片叶子是雷同的。"树林"最中心的一棵树上，有一片叶子就是我。

我，一个活泼开朗的小女孩，能一眼目睹我与众不同的地方，就是我的长相了。我的头发很短，如同一顶西瓜帽，而我就是顶着西瓜帽的小尼姑，嘻嘻。再说说生活中吧，我很少和女生说话，还经常和几个男生一起聊天，一起玩闹呢。

我有时很狂躁，有时很"英勇"，有时也很烦人。

若是平常有人说我的坏话，我笑一笑就过去了，毕竟"忍一时风平浪静，退一步海阔天空"。可在气头上说我的坏话，无论是男生还是女生，那可就"遭殃"了。我会"腾"地一下从座位上站起来，气势汹汹地朝他走去，把他吓得瑟瑟发抖。接着，我就嘻皮笑脸地走回自己的位置，谁让我是只有气势的正宗"纸老虎"呢。

至于"英勇"么，在我身上可不是褒义词了。每当听到有人欺负我的朋友时，我会不管三七二十一，冲上去就和他打成一片。怎么样？够"英勇"吧！

下面该谈谈"烦人"这个话题了。每到下课，我的嘴巴就一刻也停不下来。同桌抱怨道："你整天唧唧喳喳的烦不烦呀，对了，还有一个问题,你知道什么东西比麻雀更讨厌吗?"我摇了摇头,说:"嗯,我不知道,告诉我,是什么?""那好吧,告诉你,是麻雀嘴。"这时我才知道,他说我是"麻雀嘴"。可是,我有这么烦吗?我怎么感觉不到啊,真奇怪。

其实,我也是个双面派。平时大部分时间都像个小男生,但每当手里捧着一本好书,就变了一个人,变回一个文文静静的小女生。记得有一次,有同学叫我"男人婆",我就眼睛眨个不停,嗲声嗲气地说:"人家是乖乖女嘛!"

狂躁的我,"英勇"的我,烦人的我,双面的我,组成了一个多彩的我。

难忘的运动会

文 / 张佳怡

一年一度的夏季运动会又开始了。

那天,骄阳似火,酷暑难当,我们都坐在操场上等待着运动会的开始。

"请参加100米的所有同学到比赛场地集中。"广播里大声喊着,生怕同学们听不见。我们班参加100米跑的同学,听了广播后,马上去了100米跑的集中点。

他们刚走没多久,100米跑就开始了。首先是三年级,等了好长好长一段时间,才到我们年级。只见我们班的唐婷婷摩拳擦掌,跃跃欲试。当裁判员说"预备"这两个字时,唐婷婷一脸严肃。"呼",枪响了,选手们一个个像离弦的箭一样冲了出去,唐婷婷一马当先。但才跑了一半的跑道时,唐婷婷身后的一位同学追了上来。眼看就要被追上了,我们班的同学一个劲儿地喊:"唐婷婷,加油!加油!加油!"唐婷婷好像听见了我们在为她加油,她便又快速地冲了起来,第一个冲到了终点。但很遗憾,没有得到本年级组女子100米跑的冠军。

"请所有参加跳远的同学到沙坑旁准备。"

糟糕!这么快就到跳远了。不行,我不能逃避这个跳远比赛。如果我临阵脱逃了,就会给班级丢脸。我一定要去比一比,争取取得一个好成绩。

到了比赛场地，裁判老师对我们说："你们跳的时候，一定要踩到这块板，但又不能超出我们画的白线。要不然，你们无论跳得有多远，也只是零成绩而已。现在试跳一下吧。"我是我们班第一个试跳的，心里十分紧张，埋着头只管往前冲。但当我跳到沙坑里后，老师却说我超线了，真是开局不利。

跳远比赛正式开始了，我做出一个左手、右脚在前的起跑动作，然后飞奔出去。快到那块板的时候，我放慢了速度，稳稳踩到板上，猛地跳了出去。Yeah，没超线！裁判老师请两位同学量了一下，是1.91米。这成绩对我来说，已经很好了。紧接着，我又跳了2次，虽然名次不太理想，但总算顺利完成了比赛。

时间一分一秒地过去了，运动会也结束了。希望下个运动会快快到来，给我们带来更多的难忘与精彩。

雨 伤

文 / 万亿

> 青涩的初恋像一杯香醇甘苦的咖啡,随着毕业的笑声,淡淡地散去,淡得如一丝飘浮的雨儿。你说,你要去遥远的地方,却留下了雨夜里孤独的我。
>
> ——题记

黄昏,飘飘洒洒的雨滴敲打着玻璃,推开窗,夹着丝雨的微风拂面而来。无声的雨,无痕的风,滋润人的心田而不自知,抚慰人的灵魂而无感觉。脸上有一种湿湿的感觉,有一种思念在弥漫。

风雨如泣如诉、如烟、如缕、如歌,封存旧事,群星不再。在这样的夜里靠近心房,隔绝了尘嚣,远离了浮华,那是仿若沐浴了天地的灵气,飘若仙子般舒缓地放逐着绵长的音乐。

在这样的氛围里,看着窗外的风起、雨落,一种被雨缝成的回忆,犹如一首永新的情歌,在雨夜的牵挂中播放,一种深刻的思念渗入我的心灵深处。

我依窗而立,静看雨中温暖的雨景,远处,有一对恋人,相依相偎,共撑一把小伞窃窃私语,甜蜜的笑,悠悠地飘荡在夜色的雨中。

一对老人,相扶相搀,共撑着一把大伞,恩爱的互相推移着伞的位置,生怕对方淋湿了身子,苍老满脸皱纹地写满了幸福。我痴痴地望着,却不能从这景致里走出来。

雨,浓着来,淡着去,淡烟疏雨里,柔柔的温润绵绵地缠绕着旧日的情怀。

我微闭双眸,那份对你不舍的情感,在心中最温柔的角落里飘起。把一颗心放飞,追随着细雨飘向你的窗外。

我仰望飘雨的天空,缠绵渗到情到深处的孤独里,此时,也许你并不知晓,这世界上有一个幼稚的男生,喜欢把自己埋在自己营造的感伤情绪里,柔情地融入雨夜的寂寞里,让雨聆听我柔声的倾诉,不知你的雨夜是否会有同一种相思?

那一种深郁而淡远的情感,柔和地传递着温暖。好想和你共撑一把雨伞,牵着你的手,一起把雨夜的浪漫走过。

雨越下越大,路灯柔和的光束装扮了雨的情调。喜欢这样的雨夜,终不忍错过这份美丽,拿一把透明的雨伞冲进雨中,溶进雨里。

静默伞下,享受静谧。雨噼里啪啦地打在伞上,好像伞奏起一首春的乐章,也激起了一层层薄雾,灯光中若隐若现,如在梦里一样。

在路灯的投影下,路边花坛里的小草显得那么的娇嫩。丝丝细细透明的雨,斜斜地交织着在我四周飘落,雨落的声音和着我的心跳,静静地,一种呼唤从遥远的地方传来,唤起我无限思恋。那是你吗?

移开伞,让雨淋湿对你长长的牵挂,那郁闷的心事,就像那每个步子踩下去溅出一朵朵小水花,圆了又破,破了又圆,在雨中纷飞、散开、再散开,然后消失在茫茫的夜色中。

我孤独地伫立在雨的诗情画意里,朦朦胧胧的雨丝把记忆和怀想拉得好长好长。想起临别时的默默无语,我终于泪如雨下。

你说:"在雨夜,好好地在窗前听雨,你不会寂寞的。"我懂:雨声就是你的倾诉,我知道,在我的生命里,你就是我窗前的小雨,给我一个如梦若幻的天空,美丽了我的爱恋,也沁凉了我的心。

在长长的时间后面,你,已经离我很远很远,曾经的拥有,那时的战栗和美妙,此刻的思念,融入雨丝,飘荡在无垠的夜色里。

也许,那种缥缈的缘分,用梦想也无法掌握它的去留,最后的雨滴、泪滴,一起随着季节,悠长地横过岁月的苍茫。我明白了,也许人的一生可以寄托的始终只有自己。情似雨,了无痕。

七十五度青春

文 / 余明静

曾看过一段话，你放眼看天地，便看不清远方某一点；你极目紧盯那一点，天地便模糊不清。

没有余光的视角，仅仅75度。

从小我便痴迷于四方台上舞者曼妙轻灵的舞姿，像植入心间的火种，咻咻地燃着，照亮一小方天地。13岁那年母亲携我去少年宫求学，那个中年女子用极其挑剔的目光上下审视，末了对母亲摇摇头说："13岁骨头都长硬了，再加上这孩子的体形，学不好的。"声调平稳没有起伏，险些将我打入万劫不复。

"我不怕，"我说，"老师，我不怕苦不怕累不怕疼，我什么都不怕，您让我当苦力杵这儿也成，您让我留下吧。"声线微微扭曲，老师的眼神变了变，没有说话。

我还是如愿以偿地学了舞，一个星期三节课，偌大的舞蹈教室只有23个学生。在她们之中我就像个怪物，女孩子们把头发高高盘起，露出细白的脖颈，黑色舞服下的身躯纤巧柔软，而我只有及耳的乱发，把舞服撑得如紧身衣的满身肥肉，巨大的落地镜映出我的窘迫与无措，连带着周围怪异的目光，让我无处遁形。

好像不小心混进天鹅湖的灰鸭，滞笨丑陋。

我的骨头硬，做不来那些柔软无骨的动作，不要说劈叉下腰前翻侧翻,就连把腿挪上把杆都有困难。老师私下劝我多次,我咬牙固执地摇头说不放弃,母亲说我是个倔孩子,认定的事情十头牛也拉不回。老师说:"杨笑笑,你可能一辈子也上不了舞台。"我说我不怕,我只是喜欢它。哪怕到死我也没有一个观众,我不怕。

九把刀说,只有说出来会被嘲笑的理想才有实现的价值。我将那粒种子深埋心间,用满腔热血温养它,盼它有朝一日开出啼血杜鹃。

我开始沉默,不是自卑而是冷静决绝,站在最角落的地方独自练习,不理会同伴们怜悯嘲笑的目光,不理会什么"你的胳膊比我大腿还粗呢""天啊你吃什么长大的啊""你跳舞像只企鹅呢"之类的嘲讽,我的目光穿越所有人的背影牢牢锁定在老师身上,镜子里的女生表情坚定。其间老师带我们出过几场会演,22个人的舞姿美妙动人,我站在台后,闭目倾听台下震耳欲聋的掌声,一个人在幕后旋转跳跃,末了,我把头埋在膝间,说,杨笑笑,笑一笑。

于是更加努力地练习有些可笑笨拙的动作，上课时搭对练习，我没有舞伴，一个人默默压腿下腰，一个人守着那个可笑的梦想地老天荒。因为静默，你永远不会了解它蕴涵了怎样深沉如海的情愫。

我是一个病孩子，眼睛自小便散光斜视加假近，为了治眼睛母亲几乎带我走遍了大江南北，针灸拔罐都用过，因为药物我的身体如充气球一般胖起来，身高150厘米体重130千克，鼻梁上架着巨大的黑框眼镜，目光呆滞无神。我很早就知道，我也许会一辈子如此，也许会一辈子追不到我的梦想。无数黑甜的夜晚，母亲搂着我摔得青紫的身体声线颤抖地唤笑笑、笑笑。我不知道她是在唤我的名字，还是叫我笑一笑。

我开始比所有人来得更早，比所有人走得更晚，一个人站在教室中央，没有灯，没有音乐，我想象自己站在硕大的舞台上，我是我的观众。旋转，跳跃，点踏，跨步，我忘记我的眼睛我的身材，我忘记老师的劝告同伴的嘲讽，我忘记所有的苦痛以及当时蜷在凝重如墨的深夜一个人默念笑笑的时光，那一刻，只有我。

"啪啪——"伴着掌声,整个教室的灯豁地亮起来,音乐震耳欲聋。我被突如其来的光芒刺得紧闭双眼,老师的喊声冲破音乐在耳畔落得铿锵:"杨笑笑,不要停!""杨笑笑,你是最棒的!"身体随着音乐舞动着,我听到越来越多的喊声,伴着细不可查的颤音砸在耳畔砸在心间,好似一场春雨,浸得那粒种子盘结生长。"杨笑笑,加油!""杨笑笑跳得很好!""杨笑笑你是最美的!""杨笑笑!不要放弃!""……"

一曲终了,舞毕,我定格在落幕的姿势上,闭着眼听周围掌声如雷,末了,我听见老师的声音:"杨笑笑,你的微笑在哪里!"有千万种莫名的情愫在心中糅杂混合,熊熊燃烧着,烧得我的鼻子有些发酸。我说:"笑笑。笑一笑。"嘴角扯动,而后两行热泪顺着脸颊一路而下。

当年治病的时候我不曾哭泣,被嘲笑被讽刺我不曾哭泣,累了痛了我不曾哭泣,像是生生应了我的名字,再苦再难我也笑得灿烂。这一刻,我像孩子一样哭得放肆忘形。

冰心说,愿你的生命中有够多的云翳,来造就一个美丽的黄昏。也许我的一生有很多很多云翳以至于挡住了我的夕阳,没关系,哪怕只有火烧云也足以满足。

我不要天地之景,只盼求得75度的视角紧锁梦想,不必在意沿途风光的旖旎,也不留恋笑语声喧的荣华。

我只要用尽全力向它奔去,一路上没有繁花似锦掌声如雷,不及夸父追日那般悲壮,不及精卫填海那般恒久,荆棘划破我的面颊泥土沾满我的衣衫,但是我看不到,穷尽目力眺望那个光点,周围变得模糊不清。

愿我的青春只有75度,没有余光,也没有退路。

正视青春

文 / 梁奥爽

岁月如流水浮刀横断于崖，曾经的丝丝懵懂葬于人生道路上的坎坷。我早已不再是那个我，不再如当初一般稚气，不再见当日的顽皮神色，不再有从前的淘气习惯……慢慢地如沉入沼泽般地无奈却又不得不放下一切，开始体味世间的滋味。

我喜欢看着从前的自己，想想曾经的幼稚。

小时候的我，被妈妈载在自行车的后椅上，然后被骗去学校。"妈妈要去上厕所，你是男生，不要跟妈妈来哦！"妈妈的背影渐渐模糊在我的眼中，直到我大哭，才有阿姨将我抱入怀中。那一次，是我第一次上学校。

躺在床上，推开窗，看着满天的繁星、无边的黑暗，从前也有一样的夜色，有一个小男孩坐在门前，满怀欣喜地张望着熟悉的背影……摇摇脑袋，那个小男孩早已伴随着时光，犹如夜雾一般，被迎接着朝阳的风慢慢侵蚀着，最终被一点点地撕碎，肆意地抛散在无人的角落，没有一丝反悔的余地，消失在晨暮。

我们信仰着这么一句话，"走自己的路，让别人说去吧"。于是，我们学会了叛逆，学会盲目疯狂地展示自己的朝气，认为我们要在青春期活得精彩，我们用高傲、无所事事、自以为是的姿态穿梭于人世，可到头来，上帝会以更绝情的姿态俯视一无所有的你。

青春，其实是成熟了，要学会担当未来，而不是胡作非为。

想想现在的我们，当抽烟酗酒时，看看父母头上沧桑的白发；当荒废时间玩乐时，看看父母在外打拼忙碌的身影；当忤逆、不满时，看看父母眼睛泪水的痕迹。父母和时光是我们忽视最多的，孰不知，这正是我们最宝贵最消耗不起的。

18岁，是一道坎，要面对更大的风浪，挥霍之后应该力挽狂澜，应该学会珍惜身边一切的东西。

别让爱我们的人为我们担忧了，别让青春成为我们放纵的理由，别再让自己滑向深渊。青春不应该有任何遗憾，青春不应有悔！

你若安好，我可成风

文 / 秦梦雨　叶顶清　魏萍　李佳蔚

1

晨光洒在身上，不徐不疾。他踩着错落的斑点，目不斜视，路过熙熙攘攘的人群。突然，传来一阵吉他的声音，他蹙蹙眉，作为一个吉他爱好者，七八年的练习让他对这种乐器变得敏感。有些不熟练，带着些许生涩，但也不乏认真。他偏偏头，一个穿白T恤的女孩，轻靠在树旁，微微低着头，阳光投在她的脸上，透出没有血色的苍白，发青的嘴唇，垂下的眼，微微颤动的长睫毛反射着阳光，缠了创可贴的手轻轻拨弦。是见惯了凄惨者的卖唱，他转身离开。这是无关于自己、无关于生命的风景，他给人享受！却不曾想过，这一见，到底意味着什么。

他习惯地朝自己平时练习的天台走去。独自一人安静。

脚微微地打着拍子，右手食指勾上了琴弦，左手五指不急不缓地按着品位，熟悉的曲调传入他的耳朵。突然一阵和弦伴着他的曲子从门外传来，他的手戛然而止。门被推开，白色T恤在门边的阳光直晃眼。

"对……对不起……打扰到你了吗？"女孩半低头，双手拉扯着衣角，木色吉他连挂着脊带悬在女孩身前。

他没有答理她。女孩以为他生气了，红了脸，向他鞠躬，"对不起！"转身想要离开。

"不用，"他阻止，"你就在这里弹好了。"

女孩一愣，眼中闪过一丝欣喜，"谢谢你，你真好！"他在了，低头继续弹着被打断的曲子。

女孩坐在离他很远的地方，小心地拨弄着琴弦，是一首《童话》，听上去竟比之前要娴熟很多，一个努力的女孩！

曲调一转，变成《天空之城》。"啊！"突然的惊呼让他弹错了一处，他蹙眉，正欲询问，女孩却比他先了一步。

"你会弹吗，这首曲子？"她小鹿一样奔过来，脸颊红扑扑的，双眼如星子一般，他被她的样子吓了一跳，几秒后才道："嗯，学了差不多一个月了。"

"那你教我弹吧！"他不敢直视她的眼眸，眼神让他不忍心拒绝，于是点了点头。

"好。"

2

他又独自踏上那楼梯，地面是摔得粉碎的墙灰，麻木地掏钥匙，挂锁，推门，墙角上是那把木色吉他。

像暖流从心里涌起，身体开始有了温度，他笑了笑，小心地取下吉他。他站在窗前，凝视着窗台上的仙人掌，一曲《天空之城》在空荡荡的屋子里荡漾开来。

"你说如果仙人掌长的不是刺，而是那种绿绿的叶子，会是什么样？"

"应该会很奇怪吧？"

"哪里，仙人掌长的就是叶子啊，只不过为了生存而变成刺的。"

"哦。"

"纵然是知道自己陷于一个绝境,却还是想尽办法绝处逢生!"

"嗯。"

他没有注意她情绪的变化,她的眼神开始变得黯淡与迷茫。

"你看那幢大楼,在夜幕下试图用灯光勾勒出自己的轮廓,其实都是徒劳吧!拉开距离,仍会淹没在无尽的夜色中……"

"嗯。"

秋风吹起她的刘海,也将她的后面低语湮没。

"……就像我一样,再努力也不能完成我的梦想,终究还是改变不了什么。"

3

一日，天台。他按时到达，等了很久，她却没有出现。

"会不会出什么事了？"他突然担心起来，掏出手机打电话，只听到关机的提示。

"或许她今天有事，或许想在家休息吧！"他安慰自己，可心里总是空落落的。

第二天，第三天，第四天……他坐在天台上，独自弹着吉他，弹了一天又一天，脚边歪歪扭扭地倒了一地易拉罐。他总是看向旁边的台阶，上面已经很多天没有一个认真的女孩在努力地弹奏着《天空之城》了。

隔天，他照例在放学后背着吉他朝天台走，习惯地从自动售货机的小窗口中拿出清凉的可乐，又赶忙小跑进楼道。

一阵清晰又断断续续的声音顺着楼壁传过来，声音小小的，却在这安静的楼道中发出阵阵回响。

顾不上天热、疲乏，他疯一样朝天台走去。

"砰！"音乐被突如其来的推门声打断在阳光里，他半倚门边，嘴角缓缓划出一道弧线，阳光下的白色T恤直晃眼。

女孩微笑着看他坐在自己旁边的台阶上，随手拨拨散乱的刘海儿，右手继续熟练地抚上琴弦。熟悉的阳光，熟悉的曲调，熟悉的人……淡淡的满足感瞬间占据他的内心。

"唔……"你这几天到哪儿去了？发生了什么事？怎么都联系不到？他望着眼前的女孩，稍稍皱起眉头，顿了顿，嘴边的话又咽了回去。

女孩突然停止弹奏，仰面望着太阳，右手斜挡在眼前，阳光透过指缝，照过来，似乎不那么刺眼了。"诶，你说要是这个世界没有阳光会怎样？"

"这个世界肯定就不存在！"

女孩眼神暗了暗，低声轻语："我一点儿也不想失去它啊。"他没听清楚，问道："什么？"

"啊……没有，我只是觉得每天能看到阳光就很幸福了。"

"呵，你的要求真低。"

4

后来发生了什么，他也记不太清楚了。印象中，救护车"呜啦呜啦"的声音像一把利剑，反复地割裂他的心。只因她倒在他面前，他便哭了，那么多年第一次。

他重新将吉他挂回墙上，仰起头，快速地眨动了几下眼睛。

"嘀嘀。"他摸出裤袋里的手机，是手机报短信。他弯弯嘴角，这还是她当初逼他订阅的。

他快速地浏阅无聊的新闻，正准备关掉手机，一条消息吸引了他的注意——

"某医院的医生在为病患送急救用的心脏时，冷冻箱竟因为意外打翻在地，所幸箱中的器官并无损害。"

他突然讽刺地笑了笑，自言自语道："还真幸运，为什么就不能给她一个机会？明明就有人捐了心脏的……"

5

目光所及全是令人窒息的白色，犹如从深海涌出的白色波浪，要把她瘦小的身躯淹没。他静静地望着她，只要一想到医生的话，心就狠狠地痛着。

"先天性心脏病，再不动手术，恐怕……"

"那就快动啊!"

"可是,她要做的是换心脏手术,目前医院库存里还没有合适的心脏。"

"那要等到什么时候。"

"这个……我们也不知道。"

仿佛宣判,嗡嗡地在耳边回响。

他有些抑制不住了,走出病房。倚在墙上,使劲用手捶着墙面,直到指关节泛出红色,钻心的疼痛隐隐袭来。

最终,他还是又推开了302号病房门,走了进去。

她还是没有醒。

他搬过椅子,坐在床边,轻轻握住她发凉的手。

他想起了她在天台上低头练琴的模样,递可乐给他时微笑的脸庞,嘲笑他不问世事抢过手机给他订阅手机报的强悍,因弹错了音调而懊恼的神情……他自己都不知道,这个平凡的女孩是什么时候悄悄住进了他心里那个柔软的角落。

他在大脑里迅速搜索,画面定格在那个有风的日子。

6

他和她倚在天台栏杆上吹风,旁边并排着的两把木色吉他,像两个乖巧的小孩。蓦地,女孩突然开口,以一种平淡的语气,第一次在他面前说起她的家人。

"我母亲患有先天性心脏病,在我10岁那年离开了我。一年后,父亲也抑郁而终。后来,我进了孤儿院。"

"我开始喜欢音乐,喜欢在那个空灵的世界里游荡。我有一个梦想,

就是希望自己能给更多的人带去音乐，带去美好。"

她突然沉默。他转过头去，看到了她这一边微笑的侧脸，有风拂起她的刘海，眼角露出一颗小小的痣。他看得有些入神，她却说了一句话。

"我希望自己死后可以变成风，自由驰骋在这个世界上空。"

那时的他不知道，这句话代表着什么，也没想过，她把自己流泪的另一侧脸，深深掩藏。

7

空气中充斥着刺鼻的消毒水味，满目的白晃得他眼睛生疼。冰冷的走廊，脚步声络绎不停，坐在身旁的她始终一言不发，刘海儿轻轻地遮住微垂下的瞳孔，双手总是不安地俊动着。他微微张开嘴唇，挤出的却

是一声叹息。

"我……去买可乐。"他用手捂了捂那双冰冷的手,站了起来,"你在这儿等我一会儿,我很快回来。"

他随手抓了抓散乱的碎发,脸上露出一副皱着眉头的样子,双手习惯性地插进口袋,拖着有气无力的步子向走廊出口走去。

"哎,你听说了么?就是刘董的儿子犯了突发性心脏病,原本都是没有库存捐献的心脏了,但是却决定了明晚施行手术呢?"

一阵不大的声音从走廊一旁的医师室中传进他的耳朵,稍有些敏感的字眼让他不自觉地放下脚步,微微地蹙了蹙眉。

"当然知道啊,昨天刘董在主治医生办公室待了很久呢,他们说,花了不少呢……"

"嗯?不是只有一颗捐助心脏已经决定给302号病房的那个孩子了么?"

"唉,这我们就管不着了。"

"听说302号病房的手术费都还没凑齐呢?"

"……"

后面的声音他已听不下去了,用力地咬着下嘴唇,慢慢地握紧拳头,消失在楼道拐角处。

悄悄跟来的她,停在原地,脑子里一片轰鸣,泪水如决堤般流下来,却要勉强露出一丝微笑。果然呢……果然还是不能留在你身边。

当他喘着粗气,手里捏着发凉的可乐,冲上五楼时,他发现座位上的身影已经不见了。

他快步走了过去,四处寻找那个身影。

"请问,你是刚才那位女孩的朋友吗?"

他转过身,对面是一个护士,疑惑之余还是点了点头。那护士笑了笑,递过一张折好的纸条。

"这是她给你的。"

"哦。"他把可乐抱入怀中,小心地展开纸条,纸条折射出的白炽灯光瞬间灼伤了他的双眼。

"不要怨任何人。"

"你若安好,我可成风。"

后来,再后来,他忘了是怎么走出医院的了。

8

阳光似乎不为任何人停留。

天桥上行人络绎不绝,不断从他身前走过。他紧抿着发白的双唇,手指不停在调音器上忙碌着。阳光透过汗水将背带紧紧贴在他稍显单薄的肩膀上,他下意识地将鸭舌帽向下压了压,将带有些许羞涩的脸隐藏在阴影下。

指尖触到再也熟悉不过的琴弦,他紧张地咽了咽口水,随即从喉管内传出了沉重却清晰无比的声音。路人们因为这突如其来的声音而放慢了脚步,忍不住驻足观望,直到发出最后一个音,听见四周传来不少掌声和赞叹声,他才长长地舒了口气。

刚抬起头,直对上了隐藏在人群后那张稍有生疏却永远无法忘却的脸,阳光将她的笑容映得分明,一个转身又隐匿在人潮中。

"等……等等!"他顾不上众人的目光,奋力地拨开人群,踉踉跄跄地追到天桥梯口,却只看见阳光肆虐照耀的楼道,瘫坐下来,竟是如此无力。

突然一丝清凉从他后颈传来,瞬间让他打了个寒战。条件反射地转过头,身后的人半蹲下来,偏过脑袋,笑容依旧,她的白色T恤在阳光下直晃眼。

"嘿,还要可乐吗?"

9

女孩拖着随时可能倒地不起的身子穿行在街道旁。她原以为自己会很坦然地面对死亡,然而倒在地上的那一刻,看着这个倾斜的世界,一滴眼泪终于从眼角滑落。

她费力地抬起一只手,向虚无的空中一抓,却想起一句歌词:"看不到的拥抱是否叫作微风。"她想,终于可以肆无忌惮地拥抱他了。

她的手垂了下去,双眼已然阖上,周围的嘈杂与光亮变成了冗长的安静与黑暗。

10

我永远不会忘记那天,妈妈领着我去了市中心的一家医院。在重症病房里,一个和我长得一模一样的女孩躺在床上,脸色惨白。

妈妈告诉我,那个女孩是我的孪生姐姐,而她,其实是我的姨妈,只因她无法生育,我的母亲才将我交给她抚养。

妈妈还告诉我,那个女孩遗传了她母亲的先天性心脏病,现在救治已来不及了,让我在她生命的末端陪陪她。

后来那个女孩醒了,我想她一定和我一样惊异,知道始末后,她只是笑了笑。

她告诉了我一个很长的故事,一个关于她和他的故事。故事中的那个少年让我心生好奇,而故事中的她,让我艳羡不已。

再后来,她扯下了氧气面罩,在我耳边说,那个天台上的一个花盆下有一个日记本,请我务必把它看完,然后……替她爱他。

我不知道为什么我会答应。但是她离开前的那个笑容,让我知道我并没有做错。

我想,她一定是变成风了。

谈"吸烟"这件小事

文 / 赵登怡

　　大凡人都有一个通病，喜欢为自己找借口，喜欢为自己开脱。当然我也不会有例外，之所以将"吸烟"称之为小事，实属为自己开脱之意。我不知道是不是每个人都有自己的癖好，反正我是常人，我肯定与众生平等，有着自己的癖好——吸烟。

　　我会抽烟，你信吗？如果这话说给邻居们听，他们打死都不会相信。一个温文尔雅、勤奋好学、是大多邻居孩子榜样的人怎会有这样的恶习呢？但是恐怕真的要让你们失望了，我真的会吸烟，而且由来已久。有时候真的相信自己的伪装技能，以至于骗过了时常伴我左右的母亲。或许她太相信自己的儿子了，而她的儿子却在欺骗她。人世间最大的悲哀就是伤害那些爱自己的人，那么欺骗算不算伤害呢？

　　记得小时候和邻居们一起去山野放羊，羊儿在山野里吃着青青的牧草，而我们则会盘地而坐，或者席地而睡。当时无聊不知道干什么，于是我们开始学坏，模仿大人的模样将树叶揉碎卷在纸屑中，然后用火柴点燃，细细品尝烟的味道。我第一口吸着树叶做的纸烟时，差点呛了个半死，不知道大人为何喜欢这么个玩意儿。或许年少时羡慕别人表面的光环，以至于将少年抽烟看作是一件自豪的事。可真正明白道理时，那些虚有的光环早已烙在心中，很难褪去。真的想过单纯的生活，无赖那年成熟得太早，将自己的花期打乱，如今只能忍受自己酝酿下的苦果。

大概第一次抽烟是初一的时候吧，那时跟着几个狐朋狗友，每天到处炫耀，而抽烟无疑是给自己锦上添花，何乐而不为呢？后来人去楼空，当时的朋友辗转流浪他乡，抽烟的事便搁浅下来。这莫名的喜爱来得快，去得也快。

我想真正开始抽烟是从高三开始的，那时我刚从八载追寻爱怜的脚步中停下，又开始新的生活。然而无风不起浪，多情的种子总是会随风洒在需要的地方。灯火阑珊邂逅艳遇何尝不是一件美事，只是邂逅终归是过客，又岂能当真。无谓的坚持只能忍受更大的煎熬与挫折，有些美只可远观而不能拥有，怪只怪自己太贪心。多次被人拒绝，模棱两可的意思使我处于云里雾里的感觉。悲伤的我不知如何排遣自己的情丝，好友瑾轩送来金玉良言"烟酒伤身不伤心"。难怪瑾轩平日里能出风尘而不被吸引，他早已看破红尘，一念成佛了。在此好好埋汰我的好友一下，谁让他早食禁果呢？所谓自作孽，不可活，瑾轩与我只能自讨苦吃。

当一个人真正习惯了一些行为，喜欢上了一个人，也就很难再放弃了。所有将放弃说得风轻云淡的人，要么曾经没有真爱过，要么早已是心死灯灭。每个人都有选择的权利，而放弃是最难的抉择。明明知道错了，还是不肯放弃，因为不甘心。明明知道不爱了，也还是很难放弃，因为曾经真爱过。终究是要放弃的，为何总是对自己狠不下心来呢？

瑾轩的话对我很有启发，渐渐地喜欢上了香烟，爱上了火柴，注定很难放弃。每当夜阑人静之际，瑾轩、博与广，还有我便会在寝室的窗户旁吸烟。我们的嘈杂声惊醒了沉睡的花朵，它们开始无心地绽放，而我也开始无心地忧伤。瑾轩依旧那么坦然，唱着小情歌，一副得意忘形的模样。当然，第二天我们便是迟到大军中的中坚力量，好在恩师不知我们的秘密，故我们总能躲避暴风雨的降临。

吸烟成瘾应该是补习那一年养成的习惯。那时除了学习，便是睡觉，每天的生活寡然无味，吸烟竟成了趣事。每当惊心动魄躲过老师的察访而抽完一支烟，心里顿感愉悦，好似打了一场胜仗，一天的精神劲儿也有了，学习的动力开始倍增。不知何时吸烟竟成了学习的动力，真是滑天下之大稽。可是毛泽东思考的时候不也喜欢抽烟吗？而且他老人家吞云吐雾的架势，晚辈望尘莫及。说到底连抽烟我都算不上一个行家，真是为自己感到可悲！

等我上了大学，吸烟便不是一件光彩的事，我尽力遏制，但还是心有余而力不足。去年的一个夜晚因为抽烟，我被室友训骂了一顿。心里很不是滋味，以前在学校，我说"一"，我的兄弟们也从不说"二"，如今我对室友的训斥竟无言以对。我狼狈地跑出寝室，在午夜里用冷水冲洗自己的头脑，才算平静下来。后来室友向我道歉，但我竟没有丝毫的恨意，或许真的认识到自己错了吧！

第一个上大学之后的寒假，我参加了同学会、好友会，期间狠狠地抽烟，好像为自己解恨。但是到了家里除了应酬邻家孩子，我绝不会私下抽烟。看来我并非爱烟成瘾，并不是所有东西都不能放弃的，譬如吸烟这件小事。

这年刚刚离开家在兰州便被人"坑"，身上的的现金几乎被洗劫一空，我毫无察觉，只能自讨苦吃。渐渐地我以为吸烟对我来说是一件极其奢侈的事，所以开始慢慢学会放弃这种恶习。我向来不是能把一件事干好的人，当然这件事也不例外，只是现在一周偶尔抽一包。值得庆祝的是这周至今还未曾抽过一根烟，但愿能坚持下去吧！

今天母亲来电，我像往常一样挂断然后给她打过去。母亲说这几天不曾打电话是不是因为父亲买车运送砖的事怄气了，我说没有，但是一副极不情愿的模样。挂断电话后，我深思难道父亲真的喜欢拉砖吗？恐怕不是吧！有谁愿意一天扛着数万沉重的砖片劳作呢？还不是因为钱嘛！父亲为了我们不顾虚弱的身体重新开始以往的劳作，可是我真的很担心他那笔杆似的胳膊能负重千斤的砖片吗?有些事明明不可为而奋力为之,如果不是爱又会是什么呢?父亲,我岂会与您怄气,只是担心您的身体吃不消,希望您能照顾好自己。吸烟吸的不仅仅是烟草的熏香,更是父亲的血汗。

虽然于心不忍,但我还是试着学习放弃这个恶习。

外公常戒烟

文 / 李杭烛

外公很喜欢抽烟，种花的时候在抽，散步的时候也在抽，连上厕所的时候都不放过抽烟的机会，外婆曾经劝他，他却说："偶尔抽一根，也没有影响的。"外公一直把抽烟当作他最大的享受，但在外婆和妈妈的百般劝说下，他多次下定决心戒烟，但要戒掉30多年的烟瘾却不是那么容易的事。外公尝试了很多种办法都以失败告终。

直到有一天，我和妈妈在电视上看到健康"电子烟"的广告，我和妈妈心动了，便把这个产品介绍给了外公，外公抱着试一试的想法去买了一支，开始了他的戒烟"历程"。这种电子烟是充电的，是一种香烟的替代品，抽它的时候也能像香烟一样冒出烟雾，抽了电子烟后，再抽香烟时会感觉不舒服。就这样，外公抽了一段时间电子烟后，非常兴奋地告诉我们："看来戒烟也不是那么难的事情嘛，我才一个星期就把烟戒掉了。"我和外婆、妈妈都为外公能成功地戒烟而感到高兴。

半年过后，一次放学回家，我看见外公手里又叼着香烟正在花园里"吞云吐雾"。我跑过去生气地对外公说："您怎么又抽起烟来了？"外公慢条斯理地说道："我只是在看我对香烟还有兴趣没有，不要大惊小怪的嘛！"从这以后，我经常会看见外公躲在花园里抽烟，有时候看见我爸爸抽烟时，他也会叫我爸爸递一支烟给他。每次我们向他提出抗议的时候，他都会美其名曰："我不是真吸，我是看我对香烟还有感觉没有。

这个时候我和妈妈都无语了。"只有外婆还在说:"我看你是在找借口,你根本就戒不了!"

现在外公又重新开始了抽烟"历程",我觉得非常不能理解,"外公好不容易戒掉了香烟,为什么又开始吸了?"当我把这个疑问告诉妈妈的时候,妈妈对我说:"看来戒烟只能靠自己的毅力和决心,如果戒不掉自己的心瘾,那么永远就戒不掉香烟。"从外公戒烟的这件事情上,说明我们干任何事,如果没有毅力、决心还有忍耐力,即使想把这件事干好,恐怕也只能是半途而废,永远都无法成功的。

我家的"二师兄"

文 / 高域溪

"二师兄"当然是对《西游记》中猪八戒的尊称了。如果我告诉你：它还是我老爸的"雅号"，你会不会感到奇怪？别急，还是听我慢慢把原因讲给你听吧。

我老爸个子不高，长得胖乎乎的，脸盘圆圆的，挺着神气的将军肚，只要再戴上长嘴和大耳朵两种道具，他演猪八戒都不需要化妆。

老爸的饭量，绝对让我和老妈望尘莫及。一日三餐的饭菜，起码有一半都进了老爸"超级神胃"；只要有他在家，家里绝对不会发生浪费粮食的事件，更不会出现剩饭的现象。所以老妈常用开玩笑的口气称赞老爸，说他是我们家的"食品垃圾桶"。当然，有这样的老爸，我的休闲食品可就常常要遭殃了，因为老爸喜欢熬夜看球赛，半夜里他肚子咕咕叫，就会到处找吃的，一旦发现我的零食，一律对它们"斩草除根"。

老爸不仅好吃，还懒做，特别不喜欢干家务活。他爱静不爱动，很少参加体育运动，别看他谈起足球来头头是道，可我从来就没见他踢过一脚足球，更不要说打篮球了。老爸还有个特长，就是无论在多么嘈杂的环境里，他都能酣然入梦，睡着时还爱打很响的呼噜。对了，老爸还很不爱讲卫生，晚上睡觉前常常"忘记"刷牙洗脚；有时忙起来，好几天都不见他刮胡子；他可以几个月不理发，头发最后长得可以扎小辫，每当这个时候,妈妈和我就用讥讽的语气叫他"艺术家"。

由于这些好玩的特点,老爸在家里得了个"二师兄"的绰号。刚开始,当我或老妈这样叫他时,他还会不满地抗议一番;久而久之,他便默认了这一称呼。你看,这边我在书房喊一声:"二师兄老爸,我渴了!"老爸会马上将一杯开水放在我桌头;那边老妈在厨房里叫一嗓子:"二师兄,帮我剥棵葱吧!"老爸答应一声,立马钻进厨房帮忙去了。

当然，爸爸身上更多的是一些可贵的优点。他心胸开阔，为人直爽，待人真诚，人缘极好。老爸还很顾家，经常推掉外面的一些应酬，在家陪我和妈妈；在外出差时，一有空他就会往家里打电话。

也不知是不是因为老爸，我和老妈都渐渐地喜欢上了《西游记》里的猪八戒这个角色。我们总觉得：憨态可掬的猪"呆子"，比起那位桀骜不驯的猴哥来，倒更显得亲切，有人情味。

有一天，妈妈对我发感慨："你爸要是再多一样毛病，他可就真是名副其实的二师兄了！"

我问爸爸缺少的毛病是什么，妈妈挤挤眼睛，笑着回答："喜欢美女呗。"

我赶紧讨巧地说："那是因为妈妈就是位大美女！爸爸当然不用再喜欢其他的美女了呗。"

妈妈被我逗得哈哈大笑，最后连眼泪都笑出来了。

我爱我家

文 / 张清晴

我家有四个人:"购物狂"妈妈,"司机"爸爸,"小可爱"妹妹,"小书虫"我。

"购物狂"妈妈不喜欢在超市买东西,只喜欢网上购物。妈妈的工作很忙,上网的时间很少,但只要有机会上网,她不是在为宝贝付款,就是在收藏宝贝。她一打开购物网站,嘴里就不停地说:"这玩意儿好!""这个也不错!""这个终于打折了……"妈妈经常把喜欢的物品收藏起来关注,一遇到减价之类的优惠活动,就毫不犹豫地出手。她买得最多的就是书,所以我家的书柜都爆满了,书架摆放的书足有五百多本,够我这小书虫"啃"很长时间了。

"司机"爸爸是我家的一家之主。当我们要外出时,不管多忙,他都要开小车送我们。因为爸爸开车稳,妹妹只有坐爸爸的车,才不会头晕呕吐。而且爸爸的开车技术很好,坐爸爸的车特有安全感。有一次,一辆大货车像喝醉酒一样在街上乱撞,眼看就要撞上我们了。爸爸瞪大眼睛,全神贯注,一转方向盘,巧妙地躲开了。那真是太酷了!当然,也很惊险。正因如此,爸爸是坚决禁止视力不好又马大哈的妈妈开车。"你不用自己辛苦,你有专职司机。"爸爸总是笑眯眯地这样对妈妈说。

妹妹是一个纯正无激素的"小可爱"。有一次,我和二年级的妹妹玩医生和病人的游戏。我做医生,要给做病人的妹妹打针,我拿起妹妹的手,温柔地安慰她:"小朋友,打针一点儿也不痛,不要哭,好吗?"妹妹仰起头,翘着屁股,闭上眼睛,神气而娇滴滴地说:"我才不哭呢,你以为我是3岁的小BB呀?我今年都4岁了。"她的神态已经让我笑得合不拢嘴,再加上这句话,我笑得更是直不起腰了。

我是一个小"书虫"。每天中午和下午一做完作业,我就捧着一本书津津有味地看起来,有时一看就是几个小时。晚上,我更是争分抢秒地看,哪怕是熄灯前的那几分钟,我也不放过。有时上瘾,放不下书了,我上厕所也看。记得有一次,我边上厕所边津津有味地读着《查理九世》。不知过了多久,我听见妈妈在大叫:"大Q,你没掉厕所吧?"

"放心吧,没有。"我心不在焉地应付着。过了一会儿,我又听到妈妈在叫:"大Q,你在干吗?""没事。"我漫不经心地答道。不知又过了多久,我听到了妈妈的敲门声:"大Q,怎么那么久?"没办法,我只得结束我的厕读。一出门,妈妈就生气地夺过我手中的书,叉着腰,大声说:"以后上厕所不可以看书。蹲久了会得痔疮的。""哦。"虽然如此,但是我心里暗自高兴。下次也照看不误。

这就是我可爱的一家四口,我们幸福地生活在一起,我深深地爱着我的家。

我身边的爱

文 / 张佳怡

爱,是世界上最伟大的情感。每个人都拥有着不同的爱,有爱的孩子像个无价之宝,没爱的孩子是棵枯萎小草。

母爱是创可贴

在一个雪花飘舞的夜晚,我写作业写到很晚。手都快冻僵了,红通通得像一根根红萝卜,连铅笔也拿不稳。妈妈看见我这样,连忙把我的手握到她嘴巴前,朝我手心哈了几口气,我手上略微有了一丝暖意。看见妈妈如此对我,不像在平日我不听话时那般眼神凶凶的,我竟情不自禁流下了眼泪。原来,妈妈的爱一直存在,只是我没有注意。或者说,是我太理所应当地享受着应有的母爱。

还有一次我跑步跑得太快,一不小心摔了一跤。我不受疼,呜呜啼啼地哭了起来。妈妈闻声赶来,看见我一脸无助地坐在地上,连忙把我扶起来。看见我手破了,她轻柔地用创可贴帮我把伤口包扎起来,温柔地对我说:"还痛吗?"我咬牙摇摇头。

父爱如床

　　星期天,我和爸爸妈妈在兴致勃勃地扫街。走着走着,我渐渐地累了,和爸爸妈妈坐在了一旁的椅子上。不一会儿,我就睡着了,睡在了爸爸的双腿上。他的双腿睡上去很舒服,就像是一张大床。当我醒过来时,已经到了家,我正睡在床上,盖着被子。我心想:一定是妈妈把被子盖在我身上的,妈妈对我最好了。至于爸爸嘛,哼哼……可当我问妈妈时,她告诉我说,是爸爸帮我盖上去的。这算是以小人之心度君子之腹吗?我惭愧不已,父爱还是在那里,不管我爱理不理,在乎不在乎。

友爱之纸

  我在学校有很多朋友,可和我最要好的当属黄鑫晨。她人不高,一头乌黑秀丽的头发,一双水汪汪的眼睛,人见犹怜。有一天中午吃完饭,我和她去上厕所。突然,我肚子很痛,可能是早上吃坏肚子了。我没有办法出去,只好拜托她帮我去教室拿卫生纸。她匆匆忙忙地赶去,我一个人在那里等她。可是仅过了一会儿,她就气喘吁吁地跑到我面前,上气不接下气地断断续续说着什么。我一急,便没好气地吼了她几句。她忽然沉默了,缓慢地拿出了纸。我心一沉,就差没感动得掉下眼泪。谢谢你,My best friend。

  知足者常乐,我很高兴也很庆幸拥有这么多的爱,嗯,我真的很幸福!

浓浓母女情

文 / 于婉晴

今天是三八妇女节,阳光明媚,鸟语花香,微风拂面,树叶"沙沙沙沙"地作响,似乎大自然也在庆祝这个节日。

回家的路上,我一直在寻思着怎么为妈妈庆祝这个节日。可不顺心的是这破车子太不争气了,人家还没想好呢,就到家了。我刚从车上下来,就看见妈妈一本正经地站在写着"3月8日妇女节"的日历旁。哦,我明白了,老妈等不及要过节了。我心想:呵呵,我就偏不看。我刚要放下书包,老妈拍了几下日历,说:"今天是几月几日呀?"

"3月8日,怎么了,有什么不对吗?"我假装不知道。

老妈脸色一沉,嗔怪地说:"既然知道,那还发什么呆,快给我搬凳子来。"

我把凳子搬了过来,老妈悠然自得地坐着。我一会儿帮她揉揉肩,一会帮她敲敲背。妈妈说:"怎么,还得我问,是不是把今天是什么日子给忘了?"

"哪有啊,我可不是'白眼狼'。老妈养我这么多年,我哪能把老妈的日子给忘了呢?我啊,这辈子也不会忘的。"我用讨好的语气说。

"还知道你是我生的我养的啊,那以后给我省点心就行了。"老妈摸着我的头说。

我严肃地说:"妈妈,我知道,你怀胎十月,辛辛苦苦把我生下来,又费尽心思把我拉扯大。我不懂事,有好吃的、好喝的,全都想着自己,没有想过您。干什么都要您时时提醒,不然我就什么事也做不好。我现在长大了,以后不会再让您操心,遇到困难我会坚强,不流一滴眼泪。等我再长大一些,我会更加懂事,我会报答您的,妈妈。"我说着说着,两行泪像瀑布一样流了下来。

听了这话,妈妈抱紧了我,说:"傻孩子,妈妈不要你报答,只要你好好学习就行了。"

她像夏天的丝丝微风,给我们带来清凉;她像小小的米兰,给我们带来淡淡的芬芳,却默默无闻;她像凌晨的甘露,滋润着万物生灵。啊,妈妈,你是多么的伟大!

小木屋与大黄猫

文 / 高域溪

　　陈陈一直偷偷地认为爷爷是个神仙，要不就是巫师，不然，他怎么会喜欢住在高高的山崖上，还养了一只名叫露露的大黄猫。爷爷的家是山林里的一座漂亮小木屋，木屋被刷成了深黄色，金属烟囱直直地挺立在拱起的屋脊上，被漆成了梅花鹿斑纹的颜色。爷爷的房子建在一座山崖边上，被一根长长的粗绳子固定住，绳子一端拴在烟囱上，另一端拴在一棵大松树上。山崖下面是深深的山谷，山谷里有一条小溪，长满茂密的树木和花草。每天清晨，山谷里传出的水流声和鸟鸣声都会把爷爷和露露从睡梦中唤醒。

　　陈陈其实很喜欢来爷爷家住。这里，天空和自然都离人那么近，没有城市的汽车、噪声、垃圾和雾霾，只有草木和鸟兽与人做伴；春天鲜花盛开；夏天，凉爽的风从四面八方吹过来，让人快乐地想唱歌；秋天，夜晚的星空美得让人沉醉，仿佛一伸手就能摘到星星。只有冬天，陈陈还没来过这里。寒假，陈陈非要拉着爸爸，到爷爷的小木屋里过春节。爸爸帮爷爷准备年货，陈陈和露露很快成了好朋友。

　　除夕的傍晚，天空中突然下起了大雪，整个山林，很快就被圣洁的雪花所笼罩。陈陈太高兴了，明天他可以在雪地里堆雪人玩了。黎明时分，爷爷被露露用锋利的爪子挠醒了，只见露露又叫又跳，没命地用脑袋拱门。他感到房子在轻轻地震动。"可能是地震！快起来，带陈陈出去！"爷爷推醒爸爸，大声叫道。爸爸抱起陈陈，夺门而出，露露也跟着跳出门外。在微弱的晨光里，爸爸瞬间惊呆了——原来拴在松树上的那端绳子被雪水一泡，松开了，木屋在结冰的雪地上正向断崖那边缓缓地移动。情况万分紧急。爸爸放下还没清醒过来的陈陈，吩咐儿子快去请邻居帮忙救爷爷。他紧紧地抓住断掉的绳子一端，身体后仰，拼命向后拉小木屋，并朝房间里的爷爷高喊："爸，房子要滑下山去了，你快出来呀！"爷爷拄着拐杖，行动迟缓地走到门前，可这时房子已经滑过了断崖边缘，有一块悬在半空中，房门外就是深谷。爷爷停了下来，冲儿子喊道："别管我了，你带陈陈和露露下山吧！"露露狂躁地转着圈，忽然，它不顾一切地向悬在空中的门槛跳去，它要去陪它的主人。但是，距离太远了，露露没能跳到门内，它的爪子在房板上抓出一道印痕，然后，只听一声惨叫，露露的身体像一朵黄色的花，急速地向深谷坠去。

"我的露露！"爷爷痛心地惊叫一声。他找来一只竹篮和一卷长绳，把竹篮系在绳子一端，将竹篮慢慢地放入谷底；再将绳子另一端拴在一根木棍上。爷爷静静地坐在门槛上，挑着木棍，嘴里不住地朝山谷叫喊着："露露，如果你还活着，就爬到篮子里，我救你上来。"

陈陈搬来了救兵，邻居们帮忙把木屋拉回了原地，并用木桩将木屋固定住。大家劝爷爷回屋休息，可爷爷像没听见一样，静静地坐在断崖边，举着木棍，嘴里呼唤着露露。

陈陈在爷爷身边坐下来，他流着泪问："露露会摔死吗？"爷爷坚决地摇摇头："不会的，你没听说过猫有九条命吗？露露一定会回到我身边的！"

爸爸想把爷爷带回城里，但爷爷怎么也不肯离开他的小木屋，他怕有一天露露回来找不到自己的主人。

离开爷爷家的那天,雪停了,白雪覆盖下的山林,非常漂亮。爷爷拄着拐杖,站在大松树下,朝陈陈父子俩挥手告别。缺少了露露的陪伴,爷爷显得是那么孤单。陈陈的眼泪流了下来,他在心里说:下次来看望爷爷,我一定要送给他一只黄色的小猫咪。

我家的"红太狼"

文 / 高域溪

这天傍晚,我正在写作业,忽然听到父母的卧室里发出一声很响的玻璃破碎声。我赶紧从书房里蹿出来,妈妈手握炒锅,也从厨房里冲进卧室。在我和老妈惊异的目光中,老爸像个做错事的小学生,指着地板上的一堆玻璃碎片和流得满地都是的乳液,结结巴巴地向我老妈解释:"我不……不小心打碎了你的化妆品……"

只听妈妈心疼地大叫一声,高高举起手中的炒锅,怒气冲冲地向爸爸冲过去。

我心里暗叫一声不好,知道爸爸这次闯"大祸"了——被他摔破的可是妈妈最心爱的化妆品,那是舅舅上个月才从日本买来的名牌化妆品,是作为生日礼物送给我老妈的。

妈妈像一只受伤的野兽,咆哮着,手里的炒锅在老爸的头顶晃来晃去;可怜的老爸,用双手护着脑袋,嘴里一个劲儿地道歉。

妈妈最终还是将炒锅放了下来,我也大大地松了口气。可是她仍然气呼呼地冲着老爸叫嚷:"猪头!真是猪头!都几十岁的人了,还这么冒冒失失的!哼,今天的晚饭没你的份儿,还要罚你打扫地面卫生。"然后扭头吩咐我,"溪溪,看好你的零食,防贼防盗防你爸!"

"遵命,老妈!"我忙不迭地答应,冲老爸偷偷扮了个鬼脸。

看到了吧,这就是我暴力十足的"红太狼"老妈。不过,不用怕她,别看她发起火来很吓人,但她是刀子嘴豆腐心,用老爸的话来讲,妈妈充其量就是只"纸老虎"。

妈妈爱臭美,热衷于买各种各样的化妆品,当然,只买那些物美价廉的国产品牌。要不是舅舅掏钱,妈妈才舍不得用进口货呢。

电视中的红太狼,因为吃不到羊肉而整天埋怨灰太狼;现实中的老妈,因为没有得到钻戒而常常对着爸爸念念不休。据老爸讲:当年他与老妈结婚时,本来计划要给老妈买钻戒的,但是老妈却坚持没让他买,说先让我爸欠着她。结婚后,两人忙着还房贷,生小孩,钻戒的事就一拖再拖。这么多年来,每次参加完同事、朋友的婚礼,老妈回家都会冲老爸发一通牢骚:"你什么时候也能发一笔小财,把欠俺的钻戒给兑现了?"

今年春天,老爸为单位开发软件,得了八千元的奖金。他把钱全数点给老妈,决心要陪老妈去圆她的钻戒梦。老妈很是体贴地说:"男人都讨厌逛商场,我就别浪费你宝贵的时间了,我自己去买,回来算你送的,不就行了!"能摆脱逛街之苦,老爸当然是求之不得,他很豪爽地叮嘱我妈:"挑称心的买,可着八千块钱花!"

妈妈在街上逛了一整天,傍晚才春风满面地回到家。见爸爸和我老盯着她的左手看,老妈脸微微一红,赶忙解释道:"我倒是看了好几家首饰店,但没有一款看上眼的,那么个小玩意儿,动辄就成千上万。"老妈话锋一转,"溪溪不是一直想学一门乐器吗,我就给孩子报了个二胡班,还在一家乐器店订了一款二胡,过两天就能去取货。"然后她打开一只鞋盒,对爸爸说,"我帮你看中了一双皮鞋,你试试看合不合脚!"

看到默不作声的爸爸,老妈充满歉意地说:"你的血汗钱,被我腐败得差不多了,你不会生气吧?"

老爸叹了一口气,什么话也没有说。

这就是我的"红太狼"老妈,爱家人永远胜过爱自己。

学骑自行车

文 / 江源乐

说起来也不怕您笑话,我都快初二了还不会骑自行车。今年端午节,我回到了信丰奶奶家,在那里,我终于学会了骑自行车。

早晨,天刚蒙蒙亮,我和妈妈就起床了,还把睡懒觉的弟弟也拽到晒谷场。一切准备就绪后,我就开始学骑自行车了。

骑自行车的第一步,也是最重要的一步是控制方向。因为没控制好方向,车就骑不起来,容易倒下。刚开始时,"人高马大"的我就一屁股坐上了座包,一只脚踩在地上,另一脚踩在自行车另一侧的脚踏板上,尽量保持着手不颤抖,像大老爷一样由弟弟在后面推着向前滑行。滑着滑着,借着惯性的我就慢慢尝试着把两只脚全踩在脚踏板上。可是,我刚踩上去,原来还是稳稳的车龙头就像吃了摇头丸一样,疯狂地晃个不停——方向又失控了!因为怕摔倒,所以我不得不又把脚放下来。

"目视前方,不要老往踏板看。"见我把脚放下来,妈妈赶紧出声提醒。"不看脚踏板就不能保持平衡了,学自行车真难。要不,还是不学好了……"可转念一想自己这么大了都还不会骑自行车。就咬咬牙,又把脚踩在脚踏板上,慢慢往前滑动。弟弟在后面继续推,妈妈则在旁边一直喊"看前面,看前面",不断提醒我不要低头看脚踏板。可是,我每每刚抬起头来,车子就会东倒西歪,我又不得不把脚放下来了。

看到这种情形,妈妈并没有放弃,反而继续不厌其烦地激励我,还不时地大声喊:"踩半圈啊!"一边喊一边跟着我往前走。弟弟也不甘示弱,仍然卖力地推着我继续向前滑。

为了不辜负妈妈的期望、弟弟的期许,也为了给自己争口气,我猛吸了几口气,目视着前方,尽量使自己的心平静下来,开始慢慢地绕着晒谷场骑着自行车。1米……2米……3米……直到骑了两三圈又失去了平衡之后,我才发现弟弟早已松开了手。虽然最后我的脚还是放了下来,但我依然欣喜若狂——毕竟我能独立控制方向自个儿骑上几圈了。

基本能控制方向之后,就是掌握速度的问题了。因为掌握了速度,车子就不会那么容易停下来。弟弟讲解了骑车要领并示范了几遍给我看,我才知道可以先踩半圈,等方向控制好了,速度上来了,就可以借势踩满圈了。按照弟弟所教的方法,渐渐地,我由踩半圈变成了踩满圈,一圈、两圈、三圈、四圈……

耶!我终于学会骑自行车了!

种下一个妈妈

文 / 李晓

从记事起，我就知道，妈妈是个傻子。

小时候，我最喜欢跟妈妈玩数数，"1、2、3、4……"我们俩就这样数着，数到黄昏，那一声声傻里透着慈爱，是我一生也忘不了的。

"小燕子，穿花衣，年年春天来这里。"妈妈永远只会唱这首歌，我也跟着她唱"我问燕子你为啥来……"妈妈每次这样唱，眼睛闪闪的，就像一个清澈的天鹅湖，湖上好像有数不清的天鹅，展开庞大的双翼，在湖面上空尽情地飞舞。妈妈的眼睛里，有看不完的故事。

在幼儿园里，所有孩子都知道，我的妈妈是傻子，他们不喜欢跟我玩，但我却不自卑。爸爸说过，妈妈可是个大好人，帮助过多少农民种庄稼，帮助过多少儿童织衣服，帮助过多少百姓盖砖房……说得我兴奋不已，他们一定不知道，我妈妈是个大英雄！我一般都会趾高气扬地走过他们身边，他们应该视我为骄傲！我这么想。

我喜欢和妈妈一起坐在池塘边玩游戏。"你拍一，我拍一……"妈妈爱玩拍手，每次我在这里停住，她都傻傻地望着我，不知道该怎么唱。

我喜欢和妈妈比手的大小，我又细又长的手指，和妈妈的手比起来，可差远了。妈妈的手指又粗又长，布满了长长短短的细纹，每一道细纹里，都装着岁月磨出的沧桑。"妈妈一定做了很多事！"我对着芦苇说。

但是，那天晚上，我发现妈妈睡得很沉，怎么摇也摇不醒。

天亮了，妈妈一直睡到中午，才慢慢地睁开眼，指指卧室，又抱了抱我，张了张嘴，没说话，她又露出了又傻又天真的笑，随后，她闭上了眼睛。

下午，我发现奶奶他们一直在不停地哭着，两包卫生纸几乎用光了。我抱抱奶奶，给她擦眼泪，说："奶奶别哭，吃糖糖。"说着，我从兜里掏出一颗软糖，塞给奶奶。奶奶看着我，又看着软糖，突然一把搂着我，哭得更厉害了："燕子……"

过了好一会儿，他们把妈妈抬起来，放进一个黑色的大盒子里，然后用土把盒子埋起来，这声音真奇怪。

"呜呜呜……"哭声。

"啪，啪……"挖土声。

"呼，呼……"挖土人的喘气声。

音乐会？我反复思索着，为什么把妈妈埋了？

哦，等等，"埋，埋，埋……"我语无伦次地喃喃着，"我知道了！"我兴奋地叫起来，嗯，他们一定是把妈妈——种下去了！

奶奶疑惑的目光看过来，我翻了个白眼儿，突然想起，妈妈的手指着卧室，是什么意思？我飞快地冲进卧室，"啾——啾！啾啾——"一阵鸟叫声传来，我四处环顾一番，发现窗台上多了个用黑布蒙着的东西，我赶紧把布揭开来。

原来是这家伙在叫！我"咯咯"地笑了起来，这是个木制鸟笼，编得十分精致，笼子的木条上刻着几朵玫瑰，笼子里是一只漂亮的白鸟，它的翅膀尖儿有点蓝，拖着几根长长的尾羽，眼中闪着炯炯有神的光芒。

"嗯……"我盯着白鸟看了好一会儿，"你一定是妈妈留给我的，你应该叫……妈咪!"妈咪拍了拍翅膀,这应该就表示赞同了!我兴奋地想。

河边的垂柳拂起了长发,空中柳絮飞舞,绒绒的,软软的,像是戴上了蒲公英的小伞帽。

"妈咪!"我推开家门,妈咪无奈地看了我一眼,又开始梳理羽毛,我吐了吐舌头,提起小水壶,一蹦一跳地跑出去,种妈妈的地方长了些小草,哇!原来种下去就可以长出来好几棵妈妈!一棵结几个妈妈呢?一个,两个,还是几百个?"嗯,先把水浇了吧。"我浇了些水,然后一屁股坐在小草旁边。小草后面立着块光滑的大石头,上面刻着些字,可惜我都不认识,我只知道我的名字怎么写。我在地上用树枝写上"林燕子"三个歪歪扭扭的大字,然后费力地趴下去,把几棵小草都亲了个遍,又爬起来,往家里的鸡棚跑。

"咯咯,咯咯咯!"我追着那只老母鸡跑,它不停地叫着、跳着,好像是屁股被点燃了。这时,小茅屋里传来奶奶的声音:"燕儿啊——干吗呢?"我吓了一跳,心里知道奶奶最不喜欢我捉弄她养了好几年的宝贝母鸡,赶紧回应道:"我在捉鸡呢,有一只跳出院子了。""那行,捉回来之后……就,我要说什么来着?瞧我这记性……"奶奶像个孩子似的红着脸,不停地挠着头,"对了!去打毛栗子,去山上!""耶!"我高兴极了,高高地蹦了起来。

"毛栗子们!你们马上就要在我肚子里环游世界啦!识相的赶紧下来自首,说不定我还能让其中一个去陪我妈……"我打打树干,挥舞着竹竿喊道,可没有一颗毛栗子掉下来,"好吧,我就知道……"我猛地一挥竹竿,四颗半生不熟的毛栗子掉了下来,树枝也断了,几只黄色的小画眉飞了起来,站在一棵黄果树上鸣叫着,那声音真好听。

家务也快乐

文 / 张佳怡

外婆脚摔伤了,不能走路,只能整天躺在床上,不是看电视就是睡觉,很不方便。

这天,我决定帮外婆做次饭,就到市场上买菜去了。我一来到市场上,就看见里面人山人海,挤满了人。我挤进去,提着篮子问卖主:"叔叔,这两条鲫鱼几元啊?"

叔叔笑眯眯地说:"哦,这两条鱼11元,我就算你10元吧,小姑娘。"

我开心地说:"谢谢叔叔,那这鱼我要了。"说完,叔叔就把鲫鱼装在袋子里递给了我,我接过袋子把钱给了叔叔,然后就回家了。在路上,我听见别人说:"这个小姑娘好能干呀,还去市场买菜。"我听了他们的夸奖更加兴奋不已,便唱起了歌:"小鸟在前面带路,风儿吹向我们……"唱着唱着,我到家了,大声喊:"外婆,我回来了。"

"哦,我知道了。"外婆应道。等外婆说完,我就把篮子放在桌子上,然后打开袋子,把鲫鱼捉在脸盆里,打开水龙头。我拿起一把锋利无比的菜刀,把鲫鱼身上的鱼鳞给刮掉。鲫鱼好像脱了件衣服似的,身上光秃秃的。然后我把鲫鱼的肚子给剖开了,里面有许多东西,我吃不准要拿掉什么,就快刀斩乱麻干脆把鱼肚子全掏空了。再把鱼鳃也拿掉了,最后用水把鱼身冲冲干净。

好了，现在我要烧鱼了。我不知道放多少油，心想：要不我放多一点儿，多多益善总不会错的。想完，我就拿起油桶，倒了好几勺油。然后打开火，开始烧了。我先把鲫鱼放进去，再倒一碗多水在里面，放点糖，盖上锅盖。过了一会儿，鱼就熟了。我把它盛在盘子里，准备拿给外婆吃。我端着盘子，拿了一双筷子，来到外婆床前。我把红烧鱼端给了外婆，外婆吃了赞不绝口，对我说："没想到你第一次烧菜，烧得这么好吃。"

"嘻嘻，外婆过奖了。"我不好意思地说道。

以后，我要经常给外婆烧菜吃。我觉得烧菜也是件很快乐的事情啊！

我爱我家

文 / 李飞龙

我爱我家，家是蓝天，我是小鸟，蓝天给小鸟提供舞台，小鸟为蓝天点亮风景；我爱我家，家是海洋，我是鱼儿，海洋里包容小鱼的一切，鱼儿让海洋绚丽多彩；我爱我家，家是大树，我是树叶，大树为树叶遮风挡雨，树叶为大树输送营养。

龙爸爸，我的爸爸属龙。他是天生的文学派，从小拿第一名拿到手软，发的钢笔数不胜数，连爷爷都使用爸爸的钢笔写论文、改作业。爸爸是一位业余作家，一有空闲，就坐在电脑前，在键盘上敲敲打打，已经在国内外发表900多篇文章，还会说一口流利的英语，曾在北京给两位伊朗友人指过路，和他们交流过，那两位友人还邀请他去伊朗游玩。每天，是爸爸在接送我上学、放学，为我做饭，指导我写作业。

虎妈妈，我的妈妈属虎。她天生爱唠叨，因为我总是不听妈妈的话，总是丢三落四，所以自我懂事后，就听妈妈那没完没了的唠叨。我是听着妈妈唠叨长大的，只要有一件事我和妈妈观点不同，妈妈就会使用她那看家本领——唠叨神功，唠叨个不停，决不让任何人插嘴，一唠叨就会持续一两个小时。还有，只要一考试，妈妈准在我奔赴考场之前，千叮咛万嘱咐十几分钟，害得我每回都差点迟到。

我是马儿子，我属马。虽说我属马，但我身上却能看到猴子的影子，是天生的调皮派，自从我呱呱坠地后就没有安生过。有一次，我家来了客人,我拿弹弹球一连击碎了五个玻璃杯,爸爸气得火冒三丈。

虽然我们一家三口各弹各的调,但却凑成了一部动听的交响乐。

我爱我家。

餐桌上的母爱

文 / 蒋昊

"多吃点,多吃点,你现在可在长身体。只有多吃点,才能长好身体。"妈妈唠叨着。

每次吃鱼,妈妈总要用筷子把我喜欢的鱼肚子夹到我的碗里,而自己只吃一些鱼头和鱼尾巴。我看见了,好奇地问妈妈:"您为什么只吃这些呢?鱼肚子上的肉好吃而且刺又少,鱼头和鱼尾巴刺多肉又少,您这不是自讨苦吃吗?"可是妈妈却对我说,她最喜欢吃鱼头和鱼尾巴了,不喜欢吃鱼肚子上的肉。所以就把鱼肚子夹给我吃,怕浪费了,既然我喜欢吃就多吃点。听了妈妈的话,我有点将信将疑。

有一次,爸妈有事外出,我在外婆家吃饭。餐桌上,我顺口问外婆:"妈妈真奇怪,不喜欢吃鱼肚子和鱼子。"

"没有啊,她跟你一样,都喜欢吃鱼肚子和鱼子的。"

听了外婆的话,我决定试验一下妈妈说的话是真是假。这天下午放学回家,我一如既往地看见妈妈在忙前忙后准备着晚饭。晚饭很丰盛,有排骨汤、红烧鸡翅、红烧鱼、粉丝煲。看得令人垂涎三尺,我真想马上就去吃个痛快。

开饭了,妈妈帮我盛好饭,把菜端到了桌子上,开始了她惯例的"夹菜行动"。首先,妈妈看准了一个鸡翅,眼疾手快地把它夹到了我的碗里。然后,又帮我夹了一块鱼肉。那诱人的鱼香味,闻得我口水都快流下来了。可我这次故意对妈妈说："这什么鱼肉啊，怎么这么难吃？我不要吃这鱼肉，丢了算了！"说着，便假装准备要丢掉的样子。妈妈急忙拦住我说："不要丢，不要丢！这么好吃的鱼肉，丢了怪可惜，把它给我吃。俗话说'谁知盘中餐，粒粒皆辛苦'，我们要懂得节约。"

"妈妈，你上当了。原来，你不喜欢吃鱼肉是假的，你是想省给我吃啊。"我看见妈妈上当了，高兴地说。

妈妈听了我的话，搂着我眉开眼笑地说："小猪猪，鬼点子挺多。你能知道妈妈的良苦用心，妈妈就已经很开心了。"

给爷爷洗脚

文 / 杨彤彤

晚上，我在家里看电视时，忽然想起了老师布置的作业"给爷爷洗脚"。我立刻关掉电视，对爷爷说："爷爷我来给你洗脚好吗？"爷爷爽快地答应了。

我先往洗脚盆里放一点热水，再放进去一点冷水，把水温调得刚好后，拿来一个小板凳让爷爷坐了上去。然后，我让爷爷把脚伸过来，先把爷爷的鞋脱下来，再把脚上的袜子脱下来。脱袜子时，一股臭气扑鼻而来，但我忍住了。接着把爷爷的脚放进水盆里。

咦！爷爷的脚怎么长了像月亮的毛呢？我问爷爷："爷爷，你的腿上怎么长这么多的毛呢？"爷爷说："这叫福毛，人年纪小的时候是看不见的，等到了50岁之后，人的汗毛就会长得越来越长。"我将信将疑地说："哦！"爷爷说："真舒服，你爸爸和你叔叔小的时候我叫他们一个一个地给我洗还不洗呢。"我说："尊敬老人，尊重长辈，是我们小孩子该做的！"

我给爷爷洗好脚之后又帮爷爷擦干脚上的水。爷爷说："谢谢彤彤！"我说："没事，这是我们小孩子应该做的，我会加油的。"爷爷对我笑了笑就去睡觉了。

今晚给爷爷洗脚让我很开心，让我懂得了孝敬老人的真实内涵和意义。

中秋节记忆

文 / 蒋昊

中秋节是吃月饼、赏月的好时光，也是亲人团圆的节日。今年的中秋节和国庆节连在一起，放一个礼拜长假，我爸爸也从外地回家和我们团圆。

中秋节那天，我和爸爸妈妈早早地来到市场买菜。到了市场上，只见人山人海，汽车、摩托车、电瓶车把市场堵得水泄不通。汽车的喇叭声、小贩的吆喝声、顾客的讨价还价声混在一起，闹哄哄一片，一眼望去整个市场好像一锅沸腾的开水。商店前面到处写着"喜迎中秋，低价出售"的广告语来吸引顾客。人们脸上个个满面笑容，家家户户喜气洋洋、热热闹闹，呈现一片欢乐的节日气氛。

我和爸爸妈妈在市场上买了鸭、鱼、虾等食材。又来到月饼店里，只见柜台上月饼琳琅满目，有水果味、猪肉味、黑芝麻味，还有肉松味，形形色色，应有尽有，看得我眼花缭乱。妈妈把各种口味的月饼都买了一些。回家路上，我疑惑不解地问妈妈："为什么中秋节要吃月饼呢？"妈妈告诉我："相传远古时候，天上出现了10个太阳，晒得庄稼枯死，民不聊生。一个名叫后羿的英雄射了9个太阳，神仙给了他不死药。嫦娥是后羿的妻子，偷吃了不死药，飞上天变成了神仙，两人只能遥遥相望。后来每到八月十五，为了思念嫦娥，后羿都会做上圆圆的月饼来纪念自己的妻子。从此，人们把这天定为中秋节，月饼也流传下来。"我一边听,一边若有所思地说:"原来还有这么一个美丽的传说呀!"

到了晚上,我家做了一顿丰盛的晚餐。我最喜欢爸爸亲手做的盐水鸭和红烧鸡腿,吃得津津有味。

全家人一起在欢乐氛围中庆祝中秋这快乐的节日,让人难忘。

鬼马狂想曲

扇子和空调

文 / 李飞龙

一家主人在初夏买回家一台"格力牌"的立体空调,把它放在大客厅里。这天晚上,它觉得很无聊,便四处张望,无意中发现角落里有一把陈旧的竹制扇子,便轻蔑地对它说道:"你真是个土老帽,衣服破破烂烂,个子还那么矮小,真不知道你对主人有什么用呢!看看我,多么的高贵、华丽,还帅气,再看,我这身洁白的衣服,把我衬托得如同白马王子一样,多么的光彩照人、引人注目哦!主人把我搁在大客厅里,进来一眼就能看见,而你呢?却被主人遗弃在那尘土淹没的角落里,搞得浑身脏兮兮的。"

扇子反驳道:"空调哥哥,虽然我很渺小,但是我却有用武之地。还有……"

没等扇子弟弟说完,空调哥哥就烦透了,大声说道:"别说了,你只不过是为自己的渺小找借口而已。"扇子弟弟不再多说。

一转眼就到了盛夏,温度渐渐升高了。前几个星期,主人一家都是开着空调度过的。空调哥哥对扇子弟弟说:"你看,主人把我一开,我就吞云吐雾,就像龙卷风到来,看我多神气,这几天主人总是开着我,主人一家凉爽舒服极了。看看你吧,慢慢吞吞的,好长时间才有那么一点儿微风,半小时还没把主人的汗水扇干。"扇子弟弟沉默着,没有回答。

可是,突然有一天,主人家停电了,空调开不成了。主人只能望着空调痛苦不堪，热得汗流浃背，对空调哥哥毫无办法，空调哥哥也干着急，为自己不能为主人一家提供服务烦恼着。主人只好把扇子从角落里取出来，抖抖它身上那日积月累产生的厚厚灰尘，开始用扇子来驱赶夏日的酷暑。空调哥哥看到了这种情景，顿时恍然大悟。

第二天，电来了，空调哥哥又开始高高兴兴地为主人一家尽职尽责地工作，它大声地对角落里的扇子弟弟说道："对不起，哥哥错怪你了，你确实有自己的用处，还是人们说得对：尺有所短寸有所长啊！"

扇子弟弟不卑不亢地回答道："没关系，主人离不开我们其中的任何一个哦。"

从此以后，扇子弟弟和空调哥哥手携手、肩并肩，更加认真地为主人一家尽职尽责地服务着。

我变成了巨人

文 / 蒋昊

周末,我和妈妈走在大街上,听到一个老人正在大声吆喝着:"如果你还在为自己长得矮小而烦恼,快买一粒变大丸,保证能让你变得跟巨人一样。"

我听后心一动,快步走到老人摊位前。老人热情地对我说:"快来买一瓶变大丸吧。"我撇着嘴,一脸怀疑地问:"如果吃了变大丸,真能让我变成和巨人一样吗?"老人拍着胸脯满口答应:"可以,当然可以!如果发生意外,就让我来负责吧。"接着,老人拿出了一粒变大丸给我,并说给我试用一下,没有效果就不要钱。

我收下了这粒变大丸,回家后我马上吃掉了。吃了没多久,我就开始不断地增高,马上长到了几百米,把自己家的房子都给撑破了。

我来到了大街上,人们看见我就好奇地围了上来,开始议论纷纷,都说我这个巨人真奇怪。忽然,我看见一伙强盗大步流星地朝这儿赶了过来。人们也惊慌失措,拼命逃跑,现场一片混乱。一位卖古董的老太太被强盗围住了,无法脱身。我看见了,立即伸手去捉强盗。可没想到我的手太重了,只轻轻一拍,强盗就皮开肉绽倒地不起了。同时还弄碎了老太太的古董,我本想去帮老太太的忙,可没想到帮了倒忙。

就在这时,我的肚子也发出了"咕咕"的抗议声。我只好从口袋里掏出了小得几乎看不见的钱,来到了面包店,买了几个面包。这些面包对于我来说实在是杯水车薪，根本填不饱肚子。可我也只能吃这些了，我口袋里没钱了。

变成巨人后我有了许多的不便，吃饭吃不饱，洗澡不能洗，还经常帮倒忙，稍微不注意就有可能弄坏别人的东西……我真想回到过去，开开心心地生活。

我找到了那个卖变大丸的老人，希望他能帮我变回来。老人听了我变大后的种种不方便后很同情，大方地给了我一粒变小丸，把我变回了以前的样子。

我又过上了正常的生活，还是原来小小的我好！

假如我是圣诞老人

文 / 张佳怡

盼星星，盼月亮，终于盼到了一年一度的圣诞节。

平安夜，我躺在床上怎么也睡不着，心想：要是我能变成圣诞老人的话，该有多好啊！我从床上爬了下来，拿起一本书，看了起来，看着看着，我就趴在书桌上睡着了。我做了一个非常奇怪的梦……

我变成了一个圣诞老人,头戴红白相间的帽子,帽子上还有一个小白球,一身火红的衣服,雪白的胡子比关公还长。

12点的钟声敲响了,我背着送给孩子们的礼物,坐在驯鹿车上出发了。12只驯鹿渐渐地飞向天空。我观赏着皎洁的月亮,它从来没有像现在这么大过,像一艘巨舰。飞着飞着,驯鹿车着陆了。我走到一间屋前,用"穿墙术"进入了一个小女孩的家,从口袋里拿出一个漂亮的芭比娃娃,放到了小女孩早已准备的袜子里。

我又坐着驯鹿车来到了一个小男孩家门口,用"穿墙术"进入了他家。只见他在那里"呜呜"地哭,原来是他的变形金刚不小心摔坏了。我就从口袋里拿出一个新变形金刚,把坏的拿走,新的则放在了原处。然后,施展"穿墙术"出了门,坐在驯鹿车上用"透视眼"望着小男孩。小男孩看见变形金刚完好如初,他停止了哭声,擦干眼泪,又高兴地玩了起来。

现在我只剩下一户人家还没送了。我来到一间破旧的房屋前，透过窗子，看到有几位小朋友在房间里玩游戏，玩得可欢了！但是他们十分可怜，连一张床、一件厚点的衣服都没有，只能挤在冷冰冰的地上，冻得直哆嗦。我就用"隐身术"来到了他们的房间里。趁他们不注意，从口袋里搬出一张床，吃力地把床挪到他们睡的地方。再拿出几件棉衣和几条棉被，整齐地放在床上。"咦，这里怎么多了一张床呢？难道是圣诞老人来过吗？"几位小朋友愣住了，又激动又疑惑地讨论起来。然后，他们拿起棉衣穿在了身上，躺在床上不住地说："好舒服啊！我还没睡过这么舒服的床呢！"

哎，没想到当圣诞老人还真够辛苦的，要挨家挨户地送礼物。不过看到小朋友们幸福的笑容，我也值了！

地球妈妈生病了

文 / 于婉晴

"各位电视机前的观众朋友,您正在收看的是早间《朝闻天下》。"我边吃饭,边看每天7点准时播出的《朝闻天下》。

"现在北京'雾霾'肆虐,整个城市都被那灰蒙蒙的大雾笼罩着。据研究发现,大雾里含有毒气……"

听到这儿,我才恍然大悟,心想:这不都是我们人类不懂得环保,不懂得低碳生活造成的吗?想到这儿,我的眼前不禁浮现出我乱丢垃圾、浪费水电的傻样儿。

晚上,我在床上睡觉。也许是日有所思、夜有所梦吧,我做了一个奇怪的梦。我目瞪口呆地望着眼前的这一切,宇宙、差不多沙化的地球、拿着针管的"白衣天使"(嘻嘻,也就是我了)。

"哎哟哟,好痛啊,谁来救救我呀……"地球妈妈痛苦地呻吟着。

我循着声音走过去,看见了面色苍白的地球妈妈,走近她,关切地问:"地球妈妈,您这是怎么了?哪儿不舒服了?"

"唉,我也不知道呀,只……只是觉得浑身发热,头疼。"地球妈妈叹了口气,摇了摇头,十分无奈,又低下头来。

我拿出了一台"体检机",给地球妈妈从上到下做了个全方位的体检。5分钟过后,体检报告让我大吃一惊。地球妈妈得了许多病,而且每种病都是因人类而起。唉,真丢我们的脸。你不信吗?那我们一起看看体检报告吧。

病症一：皮肤病

漫山遍野的草地是地球妈妈的皮肤。高楼大厦的崛起，人类的随意践踏，使地球妈妈的皮肤越来越差，还长了"牛皮癣"。

病症二：脱发症

绿意盎然的树木，是地球妈妈的那一头漂亮的秀发。由于人类乱砍滥伐，地球妈妈开始脱发了，差不多都要秃顶了。

不仅这些，地球妈妈还患有近视眼、肺气肿等病症。

体检报告的最后一行写着：想为地球妈妈治好这些病，就让我们共同为地球妈妈撑起一把保护伞。

神奇的复印店

文 / 顾昊

2050年,科技变得非常发达。这不,我成了一名科学家。

这天,我发明了一台神奇的复印机,花了10万美元开了一家复印店。店刚一开张,门口就挤满了人,他们都要复印东西。这我可招架不住,只好宣布:"半小时后再来排队。"可5分钟未到,整条街又排起了长龙般的队伍,我只能硬着头皮一个一个接待。

第一位客人是个老外,只见他操着流利的英文说:"帮我复印100个我!"我当然是听……听懂了,点点头说:"好的,稍等,我先帮你拍张照片!"我用神奇照相机帮老外拍了张照片,"唰"的一道闪光,老外当场消失了。原来,他来到了照片里。我把照片放入复印机,输入"200"。一眨眼,201个老外出现在我的眼前。其中一个老外走过来对我说:"这是你的报酬。"说着,给了我10万美元,而其他200个老外也抢着给我钱。

头炮打响,这下子,外面可更热闹了,人们开始纷纷加价。

"130万!"

"500万美元!"

……

那些人争得不可开交,我先为一个出价最高的大款复印。他付了我一火车的钱,眉飞色舞地说:"给我复印999999999999999999……美元。"说着又掏出3张千元大钞。我把钞票放入复印机中，10秒钟刚过，我的房子装满了钱。大款叫来50辆卡车才把钱运走。实不相瞒，我这台复印机不可以复印钱的，那都是假钱，过一个月钱就会变成白纸。

生意是一天比一天兴隆，由于我整天忙着复印，筋疲力竭，还戴上了一千度的眼镜。我只好宣布神奇复印店暂时歇业调整。可刚回到家门口，就看见水泄不通的人群。他们见我来了，连忙冲过来，把我的汽车都给挤坏了。

"我不经营这个店了！！"我疯狂地大叫，那些人只好失望地散去。从此，神奇复印店彻底关门了。

神奇的勇气商店

文 / 孙文魁

在美丽的森林里，住着小熊一家。小熊很胆小，一旦到了晚上，他就不敢出来。

在一个阳光明媚的上午，小熊手舞足蹈地来到了集市。集市上车水马龙，热闹非凡。忽然，小熊看见有许多人围在一个店门口，觉得很好奇，便大步流星地走了过去。

原来，这是一家新开张的店，店牌上还写着：专卖勇气，买了以后就不胆小。小熊一看就觉得是骗人的，但转念又想：我不就很胆小吗，我可以买一些回去试试看这到底是真是假。小熊半信半疑地推门走了进去。

老板是一只拖着火红尾巴的狐狸，他微笑着说："小熊，您要多少勇气？"小熊眼珠子转了几圈，说："就买一点儿吧，我还不知道这是真的还是假的呢。如果是真的，下次再买多一点儿！"于是，狐狸跑到店里面，随后又拿出一点儿白白的东西，亲切地说："你胆小的时候就吃这个，你就不胆小了！"小熊接过袋子，回家了。

到了晚上，小熊想上个厕所。但他很害怕鬼，只好一直憋着，把自己全身埋在被窝里。正发愁呢，小熊突然想起来自己今天买了勇气药，便颤颤巍巍下了床，把药一口吞了。顿时他觉得自己天不怕地不怕，上完厕所后，竟一个人出去在森林里溜达了一圈。怎么样，神奇吧！

于是，小熊几乎每天都去买"勇气药"，这样他一到晚上就不胆小了。有一次，小熊晚上要去同学家请教作业，但这次勇气药吃没了。没有了勇气药，小熊也不敢出去了。这时，小熊的妈妈走了过来，说："小熊，走夜晚路没什么可怕的，想想妈妈一直陪在你身旁就可以了，放心地去吧！"小熊听了妈妈的话，勇敢地打开了门，向屋外走去。熊妈妈看到自己的儿子胆大了，脸上也露出了欣慰的笑容。不一会儿，小熊回来了，他乐滋滋地跑到妈妈身边，说："妈妈，是你让我变胆大了。"熊妈妈听了，把小熊紧紧抱在怀里。

从此以后，小熊再也不去勇气商店了，因为他已经是个不折不扣的小勇士了。

梦幻中的游乐城

文 / 张钰杰

"好美的一幅画啊！"我站在一幅山水画前发呆，想着要是春游的时候能到这样风景美丽的地方该多好。正在愣神，突然我发现自己已经来到了画中的湖边……

我站在湖边，欣赏着静静的湖水。一阵微风吹来，湖面上荡起了一缕缕的涟漪。一群悠闲的鱼儿，在湖中自由自在地漂游着，我完全被这美景陶醉了。

湖的中央有一艘小船。船上有一个划船的艄公，娴熟地摇着小船缓缓地向我驶了过来。"喂！小朋友，想不想去对岸山下的'游乐城'玩呀？"我问："'游乐城'好玩吗？都有些什么好玩的呀？"艄公用神秘的口气对我说："'游乐城'里面好玩的东西可多了，有过山车、地老鼠、摩天轮，还有'宠物乐园''才艺展示'等，你去了就知道了。"我一听有这么多好玩的，早就按捺不住了，纵身跳到了船里。艄公叮嘱我要坐稳了，吆喝一声："开船了！"小船快速地向湖的对岸划去。

　　小船到岸了，我一个箭步飞向了岸边，跟艄公道了谢，按照艄公指引的路线，沿着一条小路向一座山走去。我快速地走着，希望能尽快到达"游乐城"。过了一会儿，我终于走到了山下，来到了"游乐城"大门口。我迫不及待地跑了进去，发现自己的同学早就来到了"游乐城"。我被里面的美景惊呆了，真的像艄公说的那样，游乐场里面的设

施应有尽有，过山车、地老鼠、摩天轮等就在眼前。我来不及享受这些，因为这个"游乐城"太大了。我沿着铺着大理石地面的路继续向前走，路的两旁是一栋栋精美漂亮的建筑，有大象、狮子、熊猫、老虎等动物乐园。我走进了"松鼠乐园"，一群小松鼠马上就跑到了我的身边，在我的周围跳来跳去，显得非常的悠闲和友好。我到吧台买了一盘小松鼠喜欢吃的食物递了过去，一只白色的小松鼠跳到盘子里，双手抱起一个果子就大吃了起来，惹得我哈哈大笑。

接着，我继续向前走，来到了"才艺展示区"，我快速地走进了"钢琴演奏厅"。刚踏进门口，我就看见一架崭新的钢琴摆放在大厅的正中，琴键上还摆放着一枝粉红色的玫瑰花，看上去很富有诗意。我急忙走到钢琴前坐下，将那枝玫瑰花小心翼翼地移到了钢琴的台面上，欢快地弹起了贝多芬交响曲。优雅的琴声传遍了整个乐园，引来了游园的客人驻足聆听，而我也完全陶醉在了这欢乐的气氛中……

突然，我感觉自己掉进了河里，一阵寒冷，被惊醒了。哦，原来我是在梦中呀！

机器人守梦者

文 / 刘奕含

4996年,科技十分发达。在一家超市里,有许多稀奇古怪的大型机器人。

"真难看!"

"这什么呀?比妖怪都难看!"

"这种东西都敢拿来卖,我看这超市离倒闭不远了。"

……

围观的人们觉得这机器人难看,连连骂超市不合格。

一个服务员走过来,挤出笑容,说:"大家别看这些机器人难看,他们的用处可大了,可以帮你们守梦。"

"好,你给我拿一个。"一个身穿西装的人说。

这个人叫陈成功,是一个大型公司的董事长,同时也是智能机器人的制造者。很多同行业的竞争对手都想知道如何制造智能机器人,但陈成功严守秘密。他们就采取各种各样的阴险手段,陈成功都躲过了。不过日有所思夜有所梦,他常常担心有人来到自己的梦境,窃取商业机密。于是,他就买下了这个守梦机器人。

在一个凉风习习的晚上,一个黑影在陈成功的房间出现,这就是想窃取智能机器人机密的其中一人——季晓。季晓拿出一个圆溜溜的东西对准陈成功,小屏幕里面的世界是五彩缤纷的,这便是陈成功的梦境。

季晓毫不犹豫跳了进去。忽然，一个头上长着天线，背上插着一对翅膀的机器人出现了。不是别人，正是陈成功在超市里买的那个机器人。

"你……你是什么东东？"季晓十分害怕。

"我是陈成功的守梦机器人。如果你想进入我主人的梦里，那是不可能的。因为有我在。"机器人一边说，一边摆出要打架的姿势。

"哼，就凭你。你也太小瞧我了，我可是跆拳道黑带。"季晓扬扬自得。

季晓刚说完，守梦机器人的左手就冒出一把寒光闪闪的武士刀，右手扛着一门大炮。

"不行，不行，我手无寸铁，这样不公平。"季晓十分不服气。

"好。"说完，守梦机器人就把刀和大炮捏碎了。季晓顿时大吃一惊。

于是，一场激烈的较量开始了。只见机器人脚一抬，就踢到了季晓的脸上，疼得季晓"哇哇"直叫。机器人得势不饶人，又一脚一脚地踢他的身上。直到季晓满身是包连连求饶，机器人才把他一脚送出了梦境。

守梦机器人联合其他同伴，铸成了坚固的梦境堡垒，不让任何人的梦境受到伤害。

从此以后，世上再也没有噩梦了。

森林里的巨人和矮子

文 / 蒋昊

从前，在一片广袤的森林里，住着一个巨人和一个矮子。

有一天，巨人正在森林里采着一些野果，而矮子也正爬在树上摘野果。巨人是个急性子，他懒得采那些野果，干脆把整棵树连根拔起，一口把果树上的果实都吞了下去，结果不小心把矮子给吃掉了。

矮子在他的嘴巴里大叫道："这是什么地方啊，真是又脏又臭，快点儿把我放出去呀！"巨人听见后，挠了挠头，嘀咕道："是谁在我附近啊？"矮子立即明白了过来，大叫道："我在你的嘴巴里呀，你可别把我吞下去哦！"巨人这才明白了，连忙张开了自己的血盆大口，催促道："你可以出来了，快点儿出来吧！"这下，矮子才"逃离虎口"。

跳出来之后，矮子和气地对巨人说："让我们来交个好朋友吧？"巨人轻蔑地瞥了他一眼，说："嘿，你这个小家伙有什么本领，敢和我这'大力士'交朋友。"矮子生气了，说道："你可不要太瞧不起人呀，我的智慧可是比你高一百倍呢。而且我也十分敏捷，以你的攻击速度根本就打不到我。"巨人心悦诚服地说："好吧，那就让我们交个朋友，从今以后患难与共吧。"矮子点点头："哎，这才有点像话嘛。我们俩一个力大无穷，一个智慧超群，这样组合起来可真是百战百胜啊。"

从这天开始，巨人和矮子一直形影不离。一次，巨人发现有一只野猪想要欺负矮子。于是，他便挥舞着自己的蒲扇般的巨手，大吼道："你想欺负我的朋友,问过我没有,到天堂去吧。"说着,便一巴掌拍了下去,把野猪砸成了一个肉饼。

又有一次,巨人碰到了一只老虎,双方打了起来。巨人虽然力气大,但老虎躲来闪去,一直打不到,累得巨人是气喘吁吁。矮子就给巨人出了个主意,利用老虎的弱点,要智斗,不能硬拼。在矮子的建议下,巨人终于打败了老虎。

就这样,森林中的巨人和矮子这对好朋友,他们互相帮助,克服了千难万险,在森林里一直快乐地生活了下去。

出售幸福的商店

文 / 张钰杰

在森林王国和平大街 61 号，新开了一家"幸福屋"商店，是专门出售儿童幸福的。这消息像长了翅膀的小鸟，很快传遍了所有动物学校。小动物们感觉既奇怪又兴奋。每到星期天，小动物们都蜂拥而至，争先恐后地来买"幸福"。

又到星期天了,小熊贝贝和小兔、小猪、小鹿等小伙伴们一起来到"幸福屋"。早上8:30分,"幸福屋"刚刚开门。排在第一位的贝贝就抢先进去了,贝贝受到了店老板山羊爷爷的热情接待:"欢迎您,我尊贵的客人。"贝贝从来没享受过这种贵宾礼遇,心里美极了。她走进商店一看,四周摆满了镜子,其余啥也没有,贝贝正纳闷儿呢?山羊爷爷说:"我们这些都是幸福魔镜,只要你走一走,照一照,幸福来,烦恼跑。"啊!真的吗?贝贝半信半疑地进去了,对着镜子左照照,右看看,镜子里的贝贝变换着各种各样、稀奇古怪的模样,逗得她哈哈大笑,转了一圈出来,贝贝笑得肚子都疼了。什么魔镜啊!不就是"哈哈镜"吗?哎——我现在一时高兴,回家不照样烦恼吗?哪来的幸福啊?

贝贝看完了,出门的时候,被坐在门口的山羊爷爷叫住了,要求每位客人都要填一张调查表,要求如实写出你所有的烦恼。

唉——贝贝叹了一口气,心想,我的烦恼多着哩!我要都写出来:第一,妈妈爱唠叨,作业写不完,不许我上网,不许看电视,甚至不许吃零食。第二,晚饭后,爸爸妈妈出去散步,总是把我像囚犯似的锁在家里写作业,我很孤独不开心。还有,爸爸妈妈吵架的时候、生气的时候就朝我撒气,还打我的屁股,我好委屈啊!贝贝写着写着竟然伤心地流出了眼泪。

山羊爷爷赶紧劝贝贝说:"小朋友,别哭了,写下你的烦恼,留下你的住址,我会派幸福使者把幸福快递到你家的,保你以后没有了烦恼。"幸福能邮寄吗?贝贝填完调查表,满心疑虑地回家了。

让贝贝意想不到的是,一周后,爸爸妈妈对贝贝的态度完全变样了!爸爸妈妈再也不吵架了,经常和贝贝谈心,带贝贝一起出去散步。贝贝重新得到了爸爸妈妈的呵护,感觉非常的幸福、快乐。

小兔、小猪和小鹿等好多小朋友也收到了久违的幸福。

一传十,十传百,小动物们听说幸福屋的"神奇"后,纷纷去购买幸福,从此,森林王国变成了幸福乐园。

贝贝和小伙伴至今也不明白,山羊爷爷是如何把幸福快递给他们的。这可是"幸福屋"的商业秘密哟!

智勇双全 KK 猫

文 / 刘奕含

晚上，我正要起床上厕所，发现一只长得像波斯猫的家伙拉着我的手在空中飞行。

我吓得半死，连连哀求："大侠，求求你把我带回家吧，我可是有重度恐高症的呀！""别叫我大侠，请叫我 KK 猫。没错，我就是那人见人爱、花见花开、车见车爆胎的 KK 猫。"那猫得意地吹嘘。我倒！这猫的名字也太长了吧，比长城还长啊。

接着，KK 猫带我飞进了一间房间。这间房间有一个书架，一张书桌和一台电视机。看起来很像书房，却有一台电视机，太奇怪了。它打开电视机，里面出现了我的偶像小张炜，他正在与一个黑衣人讲话。

只见小张炜双手叉腰，生气地说："你是怎么办事的，让你去刺杀王祖红，怎么一次都没成功呀！"

"对不起，主人，我差一点就把他杀了。"黑衣人连忙解释。

"差一点，差一点，怎么又是差一点，你能不能别再说'差一点'，换一个词呀？"小张炜不耐烦了。

"看，这就是你的偶像。虽然外表很可爱，心肠却如此狠毒。"KK 猫摇着头说。

我沉思了一会儿，决定和那 KK 猫一起揭穿小张炜的真面目。于是 KK 猫按下了录像键，把他们的阴谋诡计拍了下来，准备作为证据给广大民众观看。正当我和KK猫就要出门时，忽然有一群黑衣人把我们包围起来。还没等到KK猫拉着我飞起来，他们喷了一种药水把我们迷倒了。

当我和KK猫醒来时，我们俩已经在一间密室中了。

"看来小张炜已经知道我们要揭穿他的真面目了。"KK猫若有所思。

"咦，这儿怎么有一本书呀！"我非常疑惑。

于是，我翻开那本书，上面写着"53，01，08；19，13，03；92，23，11"这些数字。"这是密码，每一组的三个数字分别代表页数、行数、第几个字。只要在这本书中找出这三个字，我们就能逃出去了。"KK猫斩钉截铁地说。

功夫不负有心人，我和KK猫终于找到了这三个字：飞出去。正好KK猫会飞，所以我们就顺着排气管道飞了出去。

等我们揭穿了小张炜的真面目，KK猫却不见了，就像它当初出现的一样突然。

大战猫王

文 / 于婉晴

"咦,我不是盖好被子了吗,怎么还这么凉?"迷迷糊糊的我自言自语道。

我揉了揉眼睛,抬头一看。今晚繁星闪烁,照得我眼睛都睁不开,我情不自禁地说:"今晚的星星可真多呀。"等等,我不是在家睡觉吗,怎么飞起来了。扭头一看,一只长着翅膀的黑猫把我带上了天。刚想尖叫,就看到妈妈送给我家小肥的手链居然在黑猫手上,便问:"你这只无理取闹的黑猫,你把小肥怎么了?"

黑猫狞笑了一下说:"呵,我就是小肥,没想到吧。"

"才不是呢,小肥长得肥肥胖胖的,才不像你一样瘦骨如柴呢。想骗我,连门都没有!"

"好,那你认得这个吧。"黑猫把它尾巴上的伤痕给我看。

"你是小肥,你要带我去哪儿?"

"把你献给我的新主人,也就是空中邪恶城堡的城主——暗黑魔王。"黑猫骄傲地说。

"你这只忘恩负义的黑猫,当年你被人丢到河里,是我千辛万苦把你打捞上来,把你养得白白胖胖。你说,我哪儿对你不好了?"

"我不叫黑猫,也不叫小肥,我叫暗黑猫王。我告诉你,我现在要什么有什么,什么猫猫狗狗都听命于我。"

"你真是无可救药,看,鱼罐头。"我冷不丁地一指它背后。

猫王刚听到"鱼罐头"这三个字,连忙放手,去找鱼罐头。还好我幸运,落到自家门前的草堆里。

第二天早上,我跋山涉水,来到了花果山,向孙悟空借筋斗云,再乘着它去多啦A梦家去借百宝袋。接着,又去托塔李天王家借了宝塔,向柯南借了探测器……

我一边用探测器寻找邪恶城堡,一边乘着筋斗云。正好那暗黑猫王拿着一把剑和一块盾牌,朝这边走来。只听它怒气冲冲地说:"你这个小丫头,敢骗我,胆子不小啊,看我怎么收拾你!"说着,就冲了过来。

我连忙从百宝袋里拿出了弓箭，来了个十箭齐发。谁知却被它盾牌上的一张嘴给吃光了，还化为了能量，从翅膀上发射出了激光，连石头都能穿透。看来我是不能用弓箭了，用什么好呢？我把百宝袋里的东西一样一样地往外丢。突然，一盒磁带砸中了猫王脖子上的项圈，项圈刚掉下来，猫王就变回了原样。

我高兴地欢呼："小肥回来了！"

接着，我用宝塔把邪恶城堡收了进去，我的小肥再也不会离开我了。

更美的心

文 / 孙文魁

天空中下起了鹅毛大雪，大地一片雪白，只要走在路上，就会出现一个深深的脚印。大树好像穿上了白衣服。井也变成了枯井，里面就算有水，也早冻成了大冰块。

雪停了，小青蛙从冬眠的土洞里醒来，它来到邻居小鼹鼠的家。

"咚咚"，小青蛙敲了一下门。里面回了一声："谁呀？""小鼹鼠，我是小青蛙，快开开门，我有事情要你帮忙。"小鼹鼠立刻把哆哆嗦嗦的小青蛙请到了自己的家里。

小青蛙对小鼹鼠说："你见过雪花吗？"

"我当然见过。"

"我还没见过雪花，你可不可以帮帮我？"

"行，不过，不久前不是刚下过雪吗？"

"我一感到冷，就会睡觉，所以老是没机会看到在空中飘着的雪花。"

鼹鼠可是个读书之人，床上、地上，都是它最喜欢的东西——书签。这些书签都是用树叶做的，上面还有好看的图画。在雪花还没到来之前，小青蛙和小鼹鼠就在一起看书签上的图画。

过了一会儿，小青蛙感到冷了，就睡着了。小鼹鼠立刻找来几根木头，生了火，小鼹鼠的家里顿时暖洋洋的。小青蛙一感到暖和，就醒了过来。可是，柴很少，一会儿就烧光了。小青蛙感到冷，就又睡着了。

　　小鼹鼠打开门，想去找可以点火取暖的东西。可是，小鼹鼠一开门，风就吹了过来，冻得它直哆嗦。小鼹鼠关上门，它左看看，右望望，终于找到了可以烧的东西——树叶。小鼹鼠不禁直摇头，可是它又想到了小青蛙的梦想，咬咬牙还是决定把树叶烧了。小青蛙醒了，它来到通向外面的洞口，小心探出头看了看洞外。正巧，漫天的雪花又开始飘了起来。

　　"雪花好美！"小青蛙回头看见了正在烧的书签，对小鼹鼠说，"小鼹鼠，你的心更美！"

失踪的智慧

文 / 于婉晴

"铛铛……"钟又开始敲了。我抬头一看,已经10点钟了。妈呀!我得赶快做作业。

第二天,我来到了学校里。学校里的大部分人都又傻又呆,如同刚出生的婴儿来到这个陌生的世界上,什么都不懂。这时,我们的班长海伦走过来,一边流着口水,一边傻乎乎地说:"你是谁呀?我是谁呀?这是哪儿呀?"

"亲娘啊,我的班长,你怎么变成这样了呀?"我赶紧摇着班长。

"宝宝要吃奶。"班长一边把手指放在嘴里,一边撒娇。

这时,校长、老师们都来了,看到这情景,都快疯掉了。各班班主任赶忙联系家长,让家长把孩子带回家。我发现,本班只有我、无敌电脑狂金帆和电视小子红枫没有变傻。噢,对了,还有大人们。这究竟是怎么回事呢?为了解开这个秘密,我和他俩组成了一个侦探小组,我是队长噢。

首先,我调查了他们俩的休息时间,金帆是凌晨两点钟,红枫是一点钟,而我是十点三十分。相对来说,我们都是半斤八两的晚。第一个线索是休息较早的人变傻了。

接着,我们走在教室外的草地上,用放大镜仔细地观察着蛛丝马迹,连一只小甲虫也不放过。观察了整整一个下午的时间,一点儿线索也没发现。我们失望地走在小路上,准备放弃时,突然发现了一串串六边形的脚印。

"难道是妖怪?"我们三个异口同声地说道。

接着,我们跟着脚印找到了一间小屋子。里面住着一个熟睡的外星人,他的脚果然是六边形的。桌子上放着一份计划书,上面写着"统治人类"。要想统治人类,必须得将儿童变傻,因为小孩子是祖国的花朵。等大人们去世了,小孩子是未来的接班人,那时他们就很好骗了。方法就是每晚10点撒下变傻种子,睡着的小孩子会变傻。

看完之后,我立刻去找科学家。科学家将外星人收进了科学研究室,并研究出了找回智慧的解药,大家又变回了原样。

大山里的梦

文 / 张钰杰

在昂古里大山上，有一个村子，人们每天都能听见从山上传来一阵阵的歌声，那是丽莎的歌声。

丽莎已经10岁了，一直跟爸爸、妈妈和奶奶生活在一起。上学是丽莎梦寐以求的愿望，可是因为家里穷，学校离家又太远，家里也需要丽莎的照顾，所以她就一直没有上学。丽莎的爸爸是农民工，常年在外地

打工，妈妈在一家饭馆里当洗碗工，早上天不亮就要出发，晚上很晚才能回家。奶奶已经快 80 岁了，身体一直不好，在两年前又患上了尿毒症，只能靠药物控制着病情，所以，家里的一切都要靠丽莎承担着。

丽莎很乖，每天早上给奶奶做好饭，就要背着大箩筐上山给奶奶采药。因为买不起药，只能靠丽莎去山上采，回来给奶奶熬水喝。

今天，丽莎又带上自己的宠物狗欢欢采药去了。丽莎来到山上，突然觉得自己眼前闪过一个东西，丽莎很害怕，但只能壮着胆子继续往前走。突然，丽莎的眼前奇迹般地出现了一只小毛怪，丽莎吓了一跳。小毛怪对丽莎说："姐姐，我找不到妈妈了，我好饿啊！"丽莎对小毛怪说："哦，原来你走丢了呀！姐姐把你送回去好吗？先吃一点儿我带的东西吧！"小毛怪立刻破涕为笑，高兴地说："好的，谢谢姐姐！"

小毛怪佯装吃饱了,对丽莎说:"姐姐,我们先一起采药,然后你再领我去找妈妈,我知道哪儿有你需要的草药。""好吧!"小毛怪便使出魔法,在不远的地方变出了一片草药,丽莎一会儿就采满了箩筐,带着小毛怪满载而归。

到了家,天已经黑了下来,丽莎要做饭了,对小毛怪说:"天已经黑了,只能明天带你去找妈妈了!"

第二天,丽莎带着小毛怪找她的妈妈去了。她们刚来到山上,就看见一只庞大的毛怪跌跌撞撞地向这边跑来,小毛怪见了,高兴地迎了上去,大声地叫道:"妈妈!妈妈!我可找到你了,是这位好心的姐姐救了我!"你瞧,小毛怪都激动得哭了。丽莎向她们挥手告别,继续到山上采药去了。

傍晚,丽莎回到家,被眼前的一幕惊呆了,原来的茅草屋变成了崭新的砖瓦房,破烂的家具变成了全新的豪华家具,家里的食品应有尽有……

丽莎正在纳闷儿,突然看见小毛怪和她的妈妈在客厅里对着丽莎微笑。小毛怪的妈妈对丽莎说:"丽莎,你是一个有爱心、善良、勇敢的孩子。我们是善心精灵,决定帮助你实现上学的愿望。现在,奶奶的病已经好了,你安心地学习,家里的事情由妈妈来照料。祝你好运!"说完,小毛怪和她的妈妈便消失了。

丽莎在善心精灵的帮助下,终于实现了上学的愿望。

自然物语

或许它们不是水果

文 / 李晓

我喜欢小金橘，因为它的甜蜜足以净化我的心灵；我喜欢草莓，因为它的酸甜让我不禁想起生活的美妙；我喜欢西瓜，因为它的清凉能替我赶走夏日的干燥……我有很多喜欢的水果，它们或酸，或涩，或苦，或甜，但深深刻在我童年记忆里的是那些几乎被新时代淡忘，不像水果的自然之子……

每走过一片草丛，我总喜欢蹲下来仔细观察，总有一些青绿色的野草，探头探脑地从泥土中探出头来，它们有三片叶子，总是成簇地长在一起，我叫它"醋酸草"。

它总是对我发出魔力，摘一株，擦擦，扔进嘴里，一股酸味在舌尖弥漫开来，酸得情不自禁一个激灵，迅速地吐掉，却又意犹未尽地摘起另一株，享受着劲酸后的那股微甜、那份情趣……

一场春雨，酸酸草长得更旺了，叶片上凝着晶莹的露珠，闪着自然美丽的光华。我总是小心翼翼地摘下它，放在嘴里咀嚼着，泥土的清香在我味蕾间欢快地蹦跳着，那种难以忘怀的感觉，总让我贪婪地望向另一株。露珠流光溢彩，像易碎的珍珠。

小区里的野草地上，总长着一片茂密的树藤，每到夏天，那树藤上总有那么几个红彤彤的小灯笼，惹眼得很。螺旋形开放的花瓣，像娇羞姑娘的红裙摆，我叫它"甜甜花"。

甜甜花比酸酸草来得奢侈，花也不多，我总是很珍惜它。只要看到甜甜花的影子，我总迫不及待地把它摘下，把绿色的部分顺带掐下，嘴对着白色的花蜜吸进去——

那种香甜总让我回味，像暖风拂过发梢，没有橘子那种脱俗的深甜，很清，像平静的湖水上泛起一圈涟漪，是一种素雅的清甜，无法忘怀。

当然，摘花下来也有吸不到花蜜的情况，但我仍然不可救药地爱甜甜花，乐此不疲。

还有一种植物，每到秋天，结出红果，我们自贡人管它叫"蛇泡儿"，我查了一下，学名叫"蛇莓"。

蛇莓一般比较小，听说以前有小馒头那么大的蛇莓，可惜现在没有了。它是草莓的祖先，皮上也有密密麻麻的小红籽，却能剥下来，通常我都把籽轻轻撮一撮，就掉了，然后毫无淑女之态地塞进嘴里。

蛇莓没有酸酸草的酸，没有甜甜花的甜，更不苦，也不涩，说白了就是什么味道也没有，但我喜欢它的素雅，就像口渴时喝白开水一样，里面有很多水，我有时拿来解渴，有时当作小零食。

或许它们不是水果，也不算水果，但我不能用"植物"来形容它们，因为正是它们，留给了这个灯红酒绿的世界一些自然的记忆，它们像一股清泉，时刻冲刷我的心灵，让我还能够想想，大自然，还存在着。

信鸽"秀秀"

文 / 黄逸涵

爸爸在工厂污水池里发现了一只信鸽，便给我带了回来。

瞧，它是多狼狈呀。羽毛凌乱不堪，浑身湿淋淋的，站都站不稳。我立刻给它擦干身子，用梳子给它梳理好羽毛。再仔细瞧瞧，哈，它是多么的秀气。头高高地仰起，羽毛白灰相间，脚掌呈红色，我给它取了个名字——"秀秀"。

我在一个纸箱子里铺上柔软的棉絮，给它做了个舒适的家。起先，"秀秀"怯生生地躲在箱子里，用棉絮罩着身子。我伸出手，刚想摸它，"秀秀"立刻吓得在箱子里乱窜。我便识趣地把手收了回去，充满好奇地盯着它。"秀秀"缩在箱子角落，许久，见我不去伤害它，才大着胆子向我看来。

我不想在喂食时惊动它，便在夜间给它准备丰富的食物，这些足够它吃上一天。渐渐地，"秀秀"开始习惯它的新生活了，试着在屋子里飞翔。我在给它喂食时也没那么小心了，总是直接把食物放在它面前。"秀秀"也不往后躲，而是欢快地啄起食物。我蹲在地上静静地看它。"秀秀"有时只顾自己吃，有时抬起头来看我一眼，"咕"地叫一声。

过了一个多星期，"秀秀"的胆子越来越大了，纸箱子里的生活已经满足不了它。它小心翼翼地看着我，试探地叫了一声。我假装没在意，继续低头写作业。"秀秀"完全放心了，飞出纸箱子，停在梳妆台上，用脚踹了踹妈妈的化妆品。还没玩够，又飞到我桌子的书堆上，对着书的封面一阵啄。多淘气的小家伙，我克制不住对它的喜爱，伸出手想摸它。"秀秀"也不躲闪，把头偏向我。"秀秀"的毛真软，我轻轻地抚摸着它，就像给它做按摩。"秀秀"舒服地眯上了眼睛。

过了一会儿，我觉得肚子一阵乱叫，便掏出一只面包。刚想往嘴里送，"秀秀"立刻飞了过来，停在我的肩膀上，用小尖嘴啄起了面包。我微笑着看着它，突然想起了什么，把桌上一杯水拿到它面前。"秀秀"又啄了几口面包，低下头来喝了几口水，多可爱的小家伙！

不过，信鸽的家在天空，它不可能一辈子缩在这个狭小的世界里。星期天，我抽空带它来到公园，陪它玩了一会儿，又喂它吃了最后一顿饭。看着它秀气的模样，我心中不禁漾起阵阵忧伤与不舍。"秀秀"吃完了食物，我把它捧在手心里，高高地举向天空，大声向它喊道："飞吧，飞得越远越好，回到你的世界去吧！""秀秀"在我上空盘旋了几圈，最终依依不舍地飞向了远方。

飞吧，飞回自由的天空，那儿才是属于你的世界。

宠物也要自由

文 / 胡泽晟

在我3岁时,爸爸给我买了一只小乌龟。我很喜欢它,每天都会让老爸切点肉喂它。有时间的话,老爸也会带我去林间捉蝉或苍蝇之类的东西喂它,小乌龟的胃口非常的好,面包、鱼食之类的它也会吃。吃饱了,就爬上假山伸展四肢,悠闲地晒起太阳来,还时不时地变换姿势。现在想想,这只宠物比我过得还好,呵呵。

但这只乌龟最让我羡慕嫉妒恨的是:它最听外公的话,每次喂食,外公只需拍拍手,乌龟就知道该吃饭了,在水中四肢一划水,伸长脖子,头就探出水面了,瞪着眼睛,张着嘴巴,等着喂食呢。当时,我一直不明白为什么会这样,现在想来,那是外公长期喂食乌龟所得到的信任吧。

后来,我们搬了新家,当然,宠物乌龟也有了新环境。

在新家的鱼池里,已经放入了几条观赏鱼,我想,啊,乌龟也有新朋友了,于是,快乐地将乌龟放入了鱼池。

第二天一起床,我就去看乌龟。天哪,鱼池里到处都是小鱼尸体,只有我的宠物乌龟还活着,而且还活得有滋有味——它正在津津有味的吃着生鱼呢。老爸出来看到这场景一生气开车出去了。回来时,手里不光是重新买的观赏鱼,还有一个啤酒箱大小的铁笼子。我只好把乌龟放进了铁笼里,因为它"独吞"了它的新朋友们。

但乌龟好像并不喜欢这个铁笼。有一次,老爸洗鱼池,就把乌龟从铁笼里放出来,让它在阳台上随意爬行。可不知怎么的,它就不见了。唉,看来,它也是需要自由的啊,那么,我就成全它吧。

感悟沙原小卒

文 / 任嘉宁

　　这里是茫茫千里的戈壁滩,没有蔚蓝清澈的湖水,没有青翠欲滴的草儿,没有色彩斑斓的花朵。一望无际的荒漠,一览无余的苍穹,占据了你的全部视野。这里时而烈日当头、赤日炎炎,太阳火辣辣地炙烤着大蒸笼似的大地,时而狂风大作,掀起层层黄沙,似乎要把整个天地变成风沙的战场。

期末考试刚刚结束,放了暑假的我来到敦煌的玉门关。我刚下旅游车,滚滚热浪便扑面而来,一阵强烈的燥热袭满全身。在这片贫瘠的土地上,无遮无拦,连棵树的影子也没有,显得毫无生气。眼前这"凄凄惨惨戚戚"的景象,忽而又一次勾起了我内心的愁闷。在刚刚结束的期末考试中,我的成绩糟糕得超乎预想,我的情绪也跟着跌入了谷底。成绩、排名,总是影子一般尾随着我,让我不由得生出一种难以排解的苦闷和焦虑。

无精打采地走在戈壁滩上,远处的沙丘晃得我睁不开眼,从地表散发出来的热气层层笼罩着我,使我更加心烦意乱。忽然,远处的一片淡淡的绿色闯入了我的眼帘。怎么可能?在这炎热的沙漠中心怎么会有植物呢?我不敢相信我的眼睛,莫非是海市蜃楼?我径直奔了过去,那竟是一片灰绿的荆棘!

导游告诉我这叫骆驼刺,骆驼就以它为食。我惊喜地"哇"了一声,便轻轻地俯下身来,好仔细观察它一番。骆驼刺的枝叶被尖刺包围着,娇小玲珑的叶片呈椭圆形,相对于它的体积,叶片已经算很厚了。我不由得产生了疑问:为什么狂风卷起的沙土没有将它埋没吞噬?为什么它脚下松软的流沙没有弃它而去?它又是从何方汲取水分和养分的呢?我小心翼翼地伸手去抚摸它,枝干极为坚硬,叶片也没有丝毫柔嫩,刺更是"咄咄逼人"。心里不禁感叹:骆驼刺虽然矮小,但它却有着多么坚实的躯干和多么顽强的生命力啊!多少年来,也许正是在与厄运的抗争中,才造就了它那强健的体魄和坚韧不屈的生存意志吧!不知怎的,我忽然产生了对这小小荆棘的由衷敬佩之情。我似乎看到了它用瘦小的躯干顽强地与狂风作战,用坚实的根系紧紧抓住脚下的一方寸土,用看似弱小的叶片抵挡住了黄沙的疯狂肆虐。

我的内心被深深地震撼了。在我看来,这"有命无运"的可怜的小荆棘,生活在这单调又恶劣的环境里,实在是生命的悲哀。然而,它没有抱怨,更没有郁郁而终,而是积极面对困境,"直面惨淡的人生";虽然它仅仅是"无名小卒",但却像战场上的英雄一般勇敢地杀出一条生路来。狂风、暴晒、干渴和无尽的孤独都没有摧毁它的意志,它坚定地活着,并为骆驼提供着生命的养分。

面对这看起来弱不禁风的骆驼刺,我无地自容起来:一次成绩的糟糕又能怎样?这只不过是我人生旅途上一次小小的挫折,我不能就这样被轻易地打倒!我要站起来,勇敢地面对未来无数次的挑战!

想到这里,我抬起头,挺起胸,阳光不再刺眼,空气不再燥热,周围不再是贫瘠的沙土,因为它有沙原小卒——骆驼刺!

雨 伤

家乡素描

春日畅游蜀南竹海

文 / 李晓

阳春3月,正是旅游的好时节。早就听说蜀南竹海景色优美,今年3月终于有机会和爸爸一起寻访竹海之路,见证春日竹海秀色了,为此,我兴奋得好几个晚上睡不着觉呢!

3月15日一大早,我们乘车到达万里长江第一城——宜宾。在短暂游访五粮液公司后,一路颠簸前往竹海风景区。到达景区已是午后,狼吞虎咽用完午餐并作短暂休息后,我们乘车沿着景区蜿蜒的林间公路,前往此行首站——人面竹。初闻这名字,还以为是长得像人脸的人面竹,肯定很特别,但等到与它谋面才发现,人面竹不仅叶子比普通竹子细小,竹干也比普通竹子矮,所谓的"人脸",只是一节一节的竹节,像鞭子一样交叉着,真是名不副实啊!看起来不似人面,却像臂膀的肌肉,竹节短得像香肠。与其说叫"人面竹",还倒不如叫"香肠竹"或者是"肌肉竹"呢。

在导游的带领下,我们从停车场出发,沿着陡峭狭窄的山间小道下行,向仙寓洞进发。说是洞,其实就是悬在半山腰的一处凹进去的坎穴。伫立半山亭,俯瞰山谷,百里竹海秀色尽收眼底。层层叠叠的梯田,好似餐盘里的一片片豆干。层峦叠嶂间,无数树木簇拥在一起,像是海中小小的珊瑚!细若羊肠的山道在山间蜿蜒,在云雾间若隐若现。置身这美轮美奂的天地间,映入眼帘的秀色,浸入心脾的畅快,让人不得不赞叹这大自然的鬼斧神工！

依依不舍辞别仙寓洞，沿着险峻的山道，我们步入天宝古寨。在古寨的崖壁上，错落有致的石刻向世人呈现了"围魏救赵""空城计"等古代兵法"三十六计"。栩栩如生的帝王将相、造型各异的金戈铁马，仿佛正在向我们讲述数千年前沧桑的历史画卷，更给古寨平添了厚重的人文气息。在其间，我们还有幸领略到李白诗歌中的"庐山瀑布"：一处绝壁下，瀑布咆哮着从高处倾泻而下，在崖间汇成清澈见底的小水潭。要是水中再有几尾游鱼，那该多有情趣啊！

我们一行人沿着陡峭的山路向上登顶，离开天宝寨，前往仙女湖。漫步在清幽茂密的竹林小径上，举目四望，映入眼帘的都是一望无际的绿——绿的竹，绿的树，绿的青枝绿叶。与绿相接的，是瓦蓝瓦蓝的天空。阳光从密密麻麻的竹影间倾泻而下，在幽暗的地面留下斑斑驳驳的光点。浸入鼻息的，是竹子那特有的清香，这就是大自然的味道啊！传入耳畔的，有游人尽情的欢笑，还有淙淙的流水声、欢快的鸟鸣声，还有春风拂过林梢、竹叶互相摩擦发出的"沙沙"声。听，竹海轻轻地唱着歌，空灵的响声在风中久久回荡……

来到仙女湖，首先令人称奇的是山顶这汪波平如镜的湖水。湖水清冽如玉石般的碧绿，在阳光的照耀下，折射出一种深幽的光。一阵清风拂过，在湖面荡起丝丝涟漪。我想，仙女湖的由来，极可能源自湖中一尊仙女雕像：仙女悠然自得，侧卧在这青山绿水间，优雅的姿态，俏丽的面容，留给游人多少遐想啊！湖边有竹筏，可在湖中自由荡舟，体验"舟行碧波上，人在画中游"的美妙意境。

次日一早，我们进入"忘忧谷"。这是一处夹在群山之间的峡谷，一条小溪贯穿其间。谷幽深，路也别致，或是石阶，或是石板，或是横贯溪流的梅花桩。小路两侧，依然是茂密青翠的竹林。在清澈见底的泉水的映衬下，竹林是那么的浩浩茫茫、郁郁苍苍。攀上一段山路，我们看到了魏晋时期著名的"竹林七贤"的雕像,文人们或沉思,或远眺,或伫立,神采各异,栩栩如生。再往上走,又见到一处奇观"石破天惊":几块紧挨的巨石间,居然探出一棵棵挺拔的翠竹。这些神奇的竹子,能顶开巨石,直挺地生长,它们的毅力该有多么顽强,自然的力量又是多么令人惊叹哪!

再往上走,路边赫然生出一块扁平的巨石,上书"吾生世外"四个大字,并附文字说明,从字面理解,大概是"我生于三界之外,不食人间烟火"的意思。再行几步,来到谷的最深处,但见一座石峰屹立在青竹之间,瀑布如流星般飞泻而下,蔚为壮观,这就是传说中的"九天瀑布"。这瀑布虽没有孙悟空故居的大,但仍是飞瀑凌空,水花从高处飞泻而下,真有几分"飞流直下三千尺,疑是银河落九天"的意境呢!

依依不舍离开忘忧谷时,已是日出三竿。和煦的阳光穿过竹林洒在谷底,柔柔的,软软的。阳光和水汽交织在一起,颇有些云蒸霞蔚的意境呢。在竹海的最后一站,我们参观了竹海博物馆,有机会了解到了箬竹、翠竹、菲白竹、水竹、凤尾竹、紫竹、锦竹等几十种平时闻所未闻的珍惜竹种,还看到品种多样、造型各异的竹制品,其中还有我非常喜欢的葫芦丝呢!

快乐的日子虽然短暂,却总是那样令人回味无穷。提起竹海,依然那样亲切:我怀念林间那"初露锋芒"的竹笋,怀念山间俊秀的一草一木,怀念山下那层层叠叠的梯田,怀念在竹海度过的一天半难忘时光……竹海,梦幻般的海,真的好像赖在你身边!

美丽的家园——清远

文 / 张清晴

在地大物博的中国，有一个繁荣昌盛的省，就是广东省。在广东省，有一个美丽的宜居城市，就是清远市。我的家就在这里。我爱清远，因为这里有我快乐的童年和幸福的生活。

周末，爸爸、妈妈会带我去牛鱼嘴玩乐，会带我去黄腾峡山水乐园嬉戏，会带我去松林生态园捡松果、荡秋千……而我最喜欢去的是山水相依的太和古洞。

记得第一次去太和古洞是在一个阳光明媚的春天。那天早晨，和煦的春风抚摸着我的脸，我们全家心情愉快，收拾好行李要去太和古洞玩耍。爸爸负责开车，从石角出发，在横荷上高速，两分钟后交两元钱下高速，走完全程还不到半个小时！到后，我蹦蹦跳跳地下了车，突然，我觉得自己在仙境一般：空气格外清新，各种不知名的鸟儿在树上唧唧喳喳地欢唱；美丽的彩蝶在花丛中飞舞；小蜜蜂儿在勤劳地采蜜。我和妹妹走到绿油油的草地上，追着蝴蝶，奔跑着，欢呼着。一会儿，我玩累了，就躺在软绵绵的草地上，天是那么蓝，云是那么白，一座座连绵不绝的青山秀丽挺拔。我突然想爬山。爸爸、妈妈同意了，就带我和妹妹一起爬。在登山的过程中，一条蜿蜒曲折的山溪和一个个清澈见底的水潭，一直与我们同行。最神奇的是，湿润的岩壁处，若用一根小管插进去，管口就会流出晶莹碧透的水来。爸爸笑眯眯地对我说："这是真正的山泉水，味道很好。"我用手捧了一口，喝了下去。啊，好清凉，好甜润！我们继续往前走，越往上，大树就越茂盛。到了山顶上，阳光一点儿都晒不到我们了。我们就好像置身于一个绿色的大帐篷里，呼吸着新鲜空气，听着鸟语，闻着花香，坐在巨大的石头上吃着面包、巧克力，喝着牛奶、果汁，我当时只觉得：生活是多么美好呀！从此，我就喜欢去那儿了。

山清水秀的清远，美丽的景点还有很多很多，我一天都说不完。欢迎你来清远做客！

校园风光——生物园

文 / 张清晴

我们学校有宽阔的操场，有高大的教学楼，有先进的多媒体室……而在数不胜数的校园风光中，我最喜欢的是学校的生物园。

生物园的景色最吸引人，它在学校大门的右边。这里有栩栩如生的动物模型，有绿油油的草坪，有娇艳的花儿，有高大的地球仪，还有宽阔的石头小路……

生物园的花真美呀！美得像一个个婀娜多姿的少女。细长的枝条，旁边伴随着两片翠绿的叶子，枝条上盛开着漂亮的花朵。花朵时不时会伸伸懒腰、摆摆手，和微风舞蹈。它们每一天都生活得自在、快乐。当春风吹绿了草坪的时候，它们才开始展示自己的才华——竞相开放，供人观赏。

生物园这张美丽的画卷上何止只有花儿呢？里面还有勤劳的小动物。你看那儿，黄色的小蜜蜂借助着翅膀高兴地飞来飞去。一会儿飞到这边的花丛中，一会儿又飞到那边的花丛中。"嗡嗡，嗡嗡！"小蜜蜂欢快地唱着，好像在说："春天的生物园真美呀！我要珍惜这美好的春光，多采花酿蜜！"

小蜜蜂都进入画卷了，蝴蝶当然也不甘落后。它们有的在花丛中翩翩起舞，有的在草丛中玩着游戏，还有的兴奋地跟着小蜜蜂飞来飞去……嘿，你瞧！那一只蝴蝶飞进了凉亭，给正在乘凉的人表演一段美丽的舞蹈。人们高兴地拍手叫好后，蝴蝶还在人们身边飞来飞去，好像在说："谢谢！谢谢！"

　　生物园的美景还有成千上万，比如让人感到穿越时空的亭子，清澈见底的小池，还有美丽的秘密花园……

　　我爱我的学校，更爱学校的生物园。我要好好读书，将来，要把学校建设得更加美丽！

新年的钟声

文 / 匡天龙

钟声，神圣、雄浑、绵长，震撼人心。新年的钟声，更是如诗如梦，绵延悠长，一切浮躁的心绪，一切世俗的扰攘，名利和欲望，都在这钟声中被涤荡，被过滤，被纯净。在欧·亨利的小说中，我听过《警察与赞美诗》中的钟声，我看到小偷索比没有被警察驯服，而是被教堂的钟声所感化，然后整个人被带有新气息的钟声围绕着，变得坦然，变得自在。

而我，也亲身经历过类似的情形。记得小时候，我居住在小山村，村口有一座古庙，庙里的钟声绵延不绝。每到新年的时候，我都会跟着父亲去寺庙敲那破旧的古钟，虔诚地祈祷来年的幸运和丰收。钟声敲响后，声音苍凉、雄浑，像一群马队驰过无际的沙海，留下满天的沙尘和渐行渐远的身影，然后渐渐消失在苍茫的远方。在钟声中，我心里似乎存在着一种对生命走向改变的希冀。

年年岁岁，那钟声不知激荡过多少跌宕起伏的人生，也不知敲响起多少发自内心的期盼。因为，新年的钟声始终是一个标志：告别过去，走向希望。

新年的钟声响起，如同内心期盼已久的对未来梦想的呐喊，如同一只只白鸽在晴空里展翅飞翔，声声鸽哨与蓝天白云遥相呼应。于是，人的思绪在钟声里回荡，跨越过去与未来的疆域，跨越历史与时空的沟窒，跨越客观与主观的障碍……新年的钟声是一句句温暖人心的祝福话语，所有的祝福都会在勤劳的人身上体现，都会在前进的路上实现，都会在曲折的道路上收获，都会在成功的巅峰响起。那是一种颂歌，那是一种问候，那是一种鼓励，那是为人们增添的前进的动力。

钟声悠悠，年轮圈圈。人们在或清脆悠扬，或浑厚绵远的钟声里辞旧岁，迎新年，贺元旦。元旦是一年之中的一天，很普通的一天；元旦是新年的第一天，是经历了365个日日夜夜，堆积而成的一天。这天的钟声应该是为过去而响，催人清醒；这一天的钟声应该是为未来而响，催人前进；这一天的钟声应该是为所有热爱生活的人们而响，激人奋进！

新年的钟声，既回旋着历史，又召唤着未来。让我们就在这个清脆悠扬的新年钟声中，激起斗志，抚慰心灵，聆听幸福……把日子过得安宁而坦然，明媚而温暖。

我的家乡

文 / 张清晴

我的家乡依山傍水，是一个美丽的小山村。

家乡没有宽阔平坦的公路，没有高楼大厦，没有电梯洋楼，更没有热闹的街市……但她宛如仙境：鸟语花香、风景如画、空气清新，有不少让人陶醉的风景，其中最令我着迷的是那蜿蜒如羊肠的小河。

家乡的小河真清呀！清得让你一低头，便可以看见河底那些奇形怪状的石头，有的像憨厚的企鹅；有的像馅儿大饱满的饺子；有的像圆圆的饼干。她们好像在向我们点头致意。河里有许许多多的鱼、虾。瞧，那条穿着黑色大衣的鱼，在欢快地舞蹈。它有力地摆动着短短的尾巴，兴高采烈地游来游去，跟它的同伴们互相嬉戏，玩得多开心呀，仿佛在说："我们是最幸福的鱼儿！"咦？那条闪闪发光的鱼怎么了？为什么不和大家一起玩？原来它躲在角落里，正在思考一个问题：为什么人和我们鱼类相处那么和谐，可长相不一样呢？也好像在对我们说："欢迎你们，小朋友！"家乡的人舍不得打捞这些鱼，因为"水不在深，有鱼则灵"，他们在小河旁边立了一块牌子，写道"禁止捕捞鱼虾"。鱼也和人们很亲热，当人们在河边洗衣服或洗菜的时候，它们会不约而同地游过来，开心地在衣服或菜边游来游去，有的甚至还调皮地叼走几片菜叶。当人们在河边休息的时候，它们也会围拢过来，陪伴着善良、勤劳的乡亲们……我们这些孩子一年四季玩的游戏都离不开小河：春天，冰雪融化，柳树发芽，我们在鲜花盛开的河岸边看鸭子游水，欣赏"春江美景"；夏天，我们把裤脚高高卷起，赤脚在河里和小鱼玩游戏、游泳，打水仗；秋天，我们拾起落叶当船，在船上放一个小纸人，比谁的船漂得远。当我们把落叶放在河里时，目送着它越漂越远，心里也充满了希望和快乐；冬天，我们在结了厚厚一层冰的小河上自由自在地滑冰……

小河多么令人神往，带给我们多少快乐，陪伴我们度过多少难忘的时光呀！可听爸爸说小河以前简直就是一条垃圾沟，人们贪图方便，随便就往河里扔垃圾，随手往河里倒生活污水，小河散发出难闻的气味。现在大家都有了环保意识，清理垃圾了，治理河水了，岸边种上了桃树、柳树……设置了爱护河流的警示牌。小河变得越来越清澈了。

家乡还有峰峦雄伟的高山，百花争艳的小山坡，绿油油的田野，茂密的树林，精致的别墅群……

我的家乡呀——我爱你！

开始·结束

文/彭雪茹

如果没有开始，就没有结束。

——安意如

天长地久有时尽，此恨绵绵无绝期

骊山的冬天，一个青春活力，却不锐利的小女子，刺激着中年已过的孤独皇帝。她，是当世间最美的杨玉环，他，是万人之上的李隆基。两个人的相遇是那样唯美，唯美到没有邂逅的火花，一切都是淡淡的。两人情投意合，他做羯鼓，她作舞。她在他眼里美得"天生丽质难自弃"，媚得"回眸一笑百媚生"……他在她眼里不是君临天下的万乘之君，而是多愁善感的少年，是情真意切的男子……那一年的安史之乱，玉环被说作红颜祸水，所谓红颜祸水都是无辜的，只是他爱以江山换美人一笑，又奈何？"春蚕到死丝方尽。"李商隐的诗句道出这凄美爱情故事的结局。只有一个生命的终止，故事才能戛然而止。红颜命薄，自古如此。这才是——天长地久有时尽，此恨绵绵无绝期。

如果没有开始，他仍做他的旷世君主，她仍是她的绝代佳人。

一朝春尽红颜老，花落人亡两不知

"好生奇怪，倒像在哪里见过一般，何等眼熟到如此！"初次相见她的似曾相识，注定了她和他的缘分，也许叫作"一见钟情"吧。两人在那个纷乱的大观园里，有了彼此的依托，不论是下棋，赏花，作诗。一个多愁善感，纯净飘逸，一个聪明灵秀，天真率直。本该在一起的两个人，却因一个知书达理、圆润世故叫做薛宝钗的女子而不能在一起。宝玉视黛玉为知己，真爱，只是在贾母等人的安排下，他被迫娶薛宝钗为妻。但宝玉怎能忘了自己的精神伴侣呢？黛玉的逝去，家族的落败。宝玉只能选择出家，看破红尘，忘记今生遇到的那个让人心碎却又心醉的——林黛玉，却是轻易就能忘记？

如果没有开始，他做他的名门贵族，她仍是她的小家碧玉。

山盟虽在，锦书难托，莫、莫、莫

在那些充满青春的年华里，花前月下，总有两人吟诗作对，互相唱和，丽影成双，宛如一双翩跹于花丛中的彩蝶，眉目中洋溢着幸福和谐。他是陆游，她是唐婉。所有人眼中天造的一对，没有悬念走到了一起，不知今夕何夕地畅谈交流着。陆游眼里只有诗词和唐婉，那些功名利禄早已抛至脑后。陆母是专横的女性，她不能眼睁睁地看着陆游没有任何仕途成就，她将一切都迁怒于小女子唐婉，欲逐其出门。陆游终究是孝子，母命难违，带有丝丝不舍地一个人踏上仕途。几经周折，最后也算小有成就。只是禹迹寺的沈园的小径深处，有一个布衣女子，微微垂着眼帘，那写满是恨，是思，是怨，是怜……一个赵士程又能带给她什么，陆游倦游归来，唐婉早已香消玉殒，那么不留痕迹地悄悄离开了。

如果没有开始，他仍做他的一代才子，她仍是她的大家闺秀。

若，人生若只如初见，多好呀。

一本漫画书的阵亡史

文 / 林天棋

一天,我放学回家做完作业后,突然感到肚子里一阵翻江倒海似的痛,就像有一场世界大战在我的肚子里爆发了一样。于是,我赶紧拿起一本《知音漫客》来分散注意力。

幸好有漫画,就像有了超强的灭火剂,我的肚子总算是不痛了,可是,我的屁股却一阵剧痛,一股巨大的力量使劲想冲出我的身体,就好似战场上的尸体马上要被人丢掉了一般。我忍了又忍,都没效果,看来,"灭火剂"已经失效了。

于是,我强忍着剧痛,抓起最新版的《知音漫客》,然后连滚带爬地冲进卫生间,蹲在马桶上。马上,我将"大门"打开,顿时,小山一般的"尸体"从"大门"里迫不及待地冲出来,臭气熏天!

我顿感轻松,也不管那么多,便继续翻看《知音漫客》,时而紧张,时而轻松,时而哈哈大笑,时而又哑然失笑……

就这样,我看书看了大半天,拉屎拉了大半天,严格地说,应该是陪屎陪了大半天。这引起了妈妈的注意,尽管妈妈一再催促,可是我仍然稳坐泰山。终于,妈妈一不做二不休,不顾男女有别,不顾臭气熏天,一下子冲进了厕所。妈妈看见我手里拿着一本书在蹲马桶,勃然大怒,一把就把《知音漫客》抢过来,撕了个粉碎,又十分生气地"教育"我……好不容易,妈妈才怒气冲冲地走了出去。

我看着已经"阵亡"了的《知音漫客》，明白了一个道理：在卫生间看漫画书时一定要选择妈妈不在的时候看，要不然，它们会轻易阵亡"屎"掉的。

"书虫"哥哥的秘密基地

文 / 李杭烛

一放暑假,妈妈就把我送到重庆哥哥家去玩,哥哥非常喜欢看书,尤其是《哈利·波特》,都已经看了三遍了。

哥哥小书房里的书架上整齐地摆放着许多书,有《西游记》《三国演义》《鲁滨孙漂游记》《哈利·波特》等,我曾经还借过一本《鲁滨孙漂流记》去看。

虽然爱看书是个好习惯,但是哥哥对书籍的热爱近乎痴迷,以至于都没时间陪我玩,于是我就把哥哥那套《哈利·波特》藏到了书架下面的小柜子里。哥哥发现自己心爱的书不见了,急坏了,问我:"妹妹,你看到我那套《哈利·波特》了吗?"我摇头否认,心想:"就要急死你!"

外婆这天非要叫哥哥带我出去玩,哥哥也就非带我去不可了。哥哥一边走一边向我介绍:"妹妹,我今天带你去爬一棵树,它是以我的名字命名的,名叫'耀樟树',我是第一个爬上这棵大树的人,它是我和朋友们的秘密基地哟!"说着,我们就来到一个大花坛前。

大花坛里长着一棵十多米高的大树,哥哥指着这棵大树说:"妹妹,你可别看这些花草灌木这样茂密,以为会阻挡我们进去,其实,在那儿是有一个入口的。""哥哥,我们会被别人发现吗?"我好奇地问道。"不会的。"这棵树枝繁叶茂,里面还有一个树洞,我在里面存放了大量的食物和水。有一次,我还带我的兄弟在这里住了一晚呢!"哥哥骄傲地说道。"食物放在里面会坏掉吗？""不会，我还在上面套了一个保鲜膜。"哥哥想得可真周到呀！我在心里暗自赞叹。

说着，我们钻进了树丛。哥哥说："我先推你上去，你先坐在这根树枝上，我一会儿就上来。"

哥哥将我推上了树，我小心翼翼地慢慢往上爬，哥哥却一下子就爬到了我头顶上那根粗壮树枝上，对我说："你看得见上面那个树洞吗"？"看不清楚，我再往上爬一点儿吧。""不行，上面更危险。"说着，哥哥又一翻，像猴子一样翻到了另一根树枝上。透过树叶，我看见哥哥从树洞里拿出一包饼干，"接好了。"哥哥向我抛过来一包饼干，我接住饼干，吃了起来。

过了一会儿，树上没了动静，我只听到树下小卖部的老板和一个叔叔在吵架，吵得很精彩，我看得入了神，本想让哥哥也看看，可我抬头一望，哥哥居然在树上看书。"你怎么能偷偷藏书在树洞里，都没告诉我！"我假装生气地说道。"你要不要看看？"哥哥拿起一本书问道。"我才不看呢，我还没玩够呢！"

哥哥不理我，继续认真看起来，看见哥哥看得那么专心，我也爬了上去，原来哥哥看的是《植物大战僵尸》的秘籍，我也抢过一本悄悄看起来，嘿嘿！在这个植物天地看《植物大战僵尸》，真应景呀！

《白蛇传》新编

文 / 黄逸涵

话说白素贞在雷峰塔下修炼了整整一千年,终于突破了封印,回到了人间。

曾经的夫君许仙早已过世,此时的人间也已经大不一样。高楼大厦拔地而起,一辆辆豪华轿车在马路上驰骋,白素贞左躲右闪才没被撞到。

正在惊讶之时，白素贞的肚子叫了起来。也难怪，这么长时间了，连口水都没喝呢。她刚想去饭店吃饭，突然想到自己身上的钱都是宋朝的，现在恐怕用不着了。正巧，她看见路边有一个收集古币的小贩，立刻卖掉身上的古币，换回一大笔钱。路上遇见一个腿瘸眼瞎的乞丐，白素贞十分同情他，便给了他许多钱。

刚走到店门口，白素贞就听到一阵怒骂声。原来是一个老太太千里迢迢从农村赶来，想看一眼事业有成的儿子。可儿子却死不认娘，她还被保安骂了一顿。白素贞气得扭头就走，俗话说"子不嫌母丑"，儿子发达了，连娘都不认了，真是太太太太太太太太太……太不像话了。

她走到一家小餐馆，有礼貌地点了几盘菜，就坐在桌边静静等候。菜刚上桌，她就迫不及待地吃了起来。但发现此菜味道怪怪的，不由得细细品尝。白素贞一拍桌子，生气地说："这些菜怎么都是馊菜回锅加工而成的？"老板怕影响了自己的生意，不愿意承认，还把她给轰了出去。白素贞往餐馆里望了最后一眼，立刻惊呆了。上帝啊，那儿坐着的不就是刚才那个乞丐老头吗？不过，现在他腿也不瘸了，眼也不瞎了，正常人不可能好得这么快吧？

白素贞还在为刚才发生的几件事生闷气，边走边低着头，一不小心撞上了一个人，她立刻道歉："对不起，是我不小心。"她抬头望着那个男子，发现他眼中的笑意十分柔和，不像是什么坏人，立刻对他产生了好感。几个星期后，男子向她求婚了，白素贞欣然接受。但这次她是看错人了，这个男子其实是个一级罪犯，坐过好几年的牢，赌博成性，没几天就找不到他人了。白素贞从别人嘴里打听到，他娶了一个腰缠万贯的千金小姐，过潇洒日子去了。

白素贞回想起重回人间后发生的种种事情，越来越讨厌现代人了。时代发展，人民的生活也转好了。然而，世风日下，这世界到底怎么了？

《龟兔赛跑》续编

文 / 顾昊

这天，兔子和乌龟又碰到了一起，它俩决定再来一场比赛。

大象主持人清了清嗓子，说："我宣布，新一代龟兔赛跑比赛开始。为了增加难度，我决定在路上设下两个关卡。第一个是'乱石阵'，第二个是'梅花桩'。预备……跑！"

两位选手一听比赛开始了，都使出吃奶的劲儿向前冲。一开始，兔子遥遥领先，可跑了一会儿，它就傻眼了。眼前虽是一片空地，却又不敢冲，一冲就会被其他小动物扔下来的石头砸中。兔子正犯愁，乌龟慢吞吞赶来了。它看了看眼前的"乱石阵"，又看了看焦头烂额的兔子，一下子明白了。乌龟心想：哈哈，真是天助我也。可它转念又想：不行，如果我这样做，别人肯定说我是趁人之危，不算好汉。于是乌龟对兔子说："你背我过去吧，这样你就不会被石头击中了。"就这样，兔子和乌龟通过了"乱石阵"。

到了"梅花桩"，一个个木桩隔得老远，下面就是万丈深渊。乌龟可傻眼了，心想：完了，兔子弹跳这么好，冠军一定是它的了。可兔子却不这么想，它认为乌龟帮过它，不能恩将仇报。于是兔子再次背着乌龟跳过了"梅花桩"。

这时，大象走上领奖台，说："这次比赛乌龟、兔子互帮互助，共同获得第一名。所以我宣布奖金平分，可问题在于奖杯怎么平分呀？"

"给兔子吧,没有它我早就摔死了。"乌龟瓮声瓮气地说。

"不不不,给乌龟吧,没有它我早就被石头砸死了。"兔子听了连连摆手。

大象乐呵呵地说:"既然你们懂得了团结合作,这奖杯就没啥意义了,就让我带回家当水杯用吧。"

从此,兔子和乌龟成了一对亲密无间的好朋友。

一本书的诉说

文 / 梁子怡

我是一本书,我有一个两面派的主人。

新的学期,我被一个小朋友领回了家。小主人买了一张漂漂亮亮的书皮,小心翼翼地把我包上,我很高兴,我有一个爱我的主人。

预习功课了,小主人拿出笔哥哥和我,小心翼翼地把我翻开,生怕我的四个角损坏,生怕我变得脏兮兮。小主人在记笔记时,字体特别工整,别的书都很羡慕我,当然,我很高兴,也很自豪。

一个月后,小主人厌倦了我,不再对我那么百般照顾,而是变得毛手毛脚的,很随意。我那可爱的笑容,没有了。剩下了一个整天愁眉苦脸、破烂不堪的我。我发现,小主人开始觉得因为我才有了学习,渐渐疏远了我,记笔记时也不认真了,字体潦草,还在上课时在我的第一页画起了小人。我伤心极了,那颗看不见的小金豆终于掉了下来……

挨过了一个学期,小主人说:"终于解放了!"我也学着说:"终于解放了!"小主人不再学习、不再理我,把可怜的我扔到了一个阴暗的角落。我揉了揉眼,发现这里全是和我一样破破烂烂的书。有一年级数学、二年级语文等,他们的遭遇和我一样。我看见了这一切,挤出了久违的眼泪。

这天,晴空万里,可空气中弥漫着一股火药味——又是一个暑假,小主人又扔进来两个小伙伴,和我们一样的遭遇……

主人啊，我们也是有感情的，我们会哭泣，会伤心，会高兴，会自豪。我们为了你们的学习，不怕铅笔的袭击，不怕修正带的占领，为你们一心一意地奉献，却换来这样的"回报"。我们真的很伤心，请你们学会尊重我的，学会尊重生活中的一草一木、一点一滴！

生命中不能没有你

文 / 范开源

当生命中一缕阳光刺破黑暗，当生命中一缕清泉浸润心田，当生命中一曲琴声振奋人心……当生命中有你，我才会活得自由，活得愉悦！

雨后初霁。蔚蓝的天空上，几朵白云正悄悄地驻足。冲杯咖啡，被沸水冲荡后那褐白相间的在杯中静静旋转的色彩，在我心头漾起了一圈圈涟漪。轻抿一口，终于忍不住，更衣、出户，只为欣赏那份欢愉。

书店外，看见了一个小女孩儿，脸上的笑容仿佛盛开的向日葵。她正将那稚嫩的小手指向书店，要妈妈买书看。

我愣了半晌，脑海中充满了对你的回忆。

听母亲说，我抓周时，一眼便看到了你。应该是一种冥冥中的感应吧，让我一把将你抓住。从此，我就与你结下了不解之缘。

刚学会认字，我就迫不及待地捧起你，好像捧着一块金子，是那样的小心翼翼，那样的珍贵圣洁！

母亲第一次将你放入我手心，顿觉得人生一回，值得且应得。

不止一次地听母亲骄傲自豪地讲过，幼时我哇哇大哭时，只要在我手上放一本书，我的哭声便会戛然而止，破涕为笑，将笑脸贴在书上，开心与快乐无双。

从此，我把你看作神。

在我生病的时候，你来到我身边，我便立即神采奕奕，仿佛经受圣泉的洗礼，浑身上下无一点瑕疵，只为有你。

想不到，我竟对你崇拜到这个程度！

你也给了我回报：四五岁便识字数千；写作文更得心应手；《老子》《大学》倒背如流……你让我懂得了感恩，懂得了回报，懂得了付出，懂得了失败，懂得了世界，懂得了人生……我给你一条小溪，你却给了我一片大海；我给你一片草地，你却给了我一片草原；我给你几棵树苗，你却给了我一片苍林；我给你一缕阳光，你却给了我整个太阳……没想到你竟然这么慷慨，这么令人畅怀！

我更加信任你了。

床头，书架，全都是你，我的家充斥着你；休息时，上厕所时，睡觉前……你充盈着我的生活，是你，让我的生活变得有滋有味，五彩缤纷，多姿多彩。

现在，我的生命中更不能没有你。无论身处何地，我都带着你，你是我生命中最重要的，在我脑海中，在我耳边，在我胸腔中，一直盘旋不散。恰似，我身上，燃烧的是你的魂！

你，贯穿了我三百六十五天中的分分秒秒，贯穿了我的整个童年，贯穿了我的小学生活，更是贯穿我十二年的青葱岁月。而我坚信你会一直，一直贯穿我的生命，成为我生命中的永远不变的轨迹！

甩甩头，望着小女孩儿，嘴角扬起一个细微的弧度，回身，大步向前。

回到家，咖啡已凉，哂然一笑：至少，在它温热的时候，我还品过它呢，和着书的味道！

——我的生命中不能没有你。

我总也忘不了的一句话

文 / 曹开煊

"自信人生二百年，会当水击三千里"，这句诗是青年毛泽东初学游泳时吟诵的诗句。当时正值炎炎夏季，遇到水涨，水流湍急，他们有好几次与死神擦肩而过，但是，他们毫无畏惧，坚持游泳，一直到冬季。我认为，毛主席说这句话是为了让人有自信，意思是：如果说人生会有二百年的话，我自信可以水击三千里！

"自信人生二百年，会当水击三千里"，这句话让我受益很大，它始终鼓励着我，激励着我，直到现在。

记得有一次，我初次到滑雪场滑雪，刚滑了没有一会儿，我自认为我会了，便跃跃欲试，想到初级滑雪道上摆弄一番。爸妈再三劝阻让我小心一点，我说："没事儿，反正我都会了！"等到达顶峰时，我才觉得很高，慢慢的，慢慢的下来，越来越快，越来越快，太快了，我都把握不住了。"啊"……我摔倒了！满身满脸都是雪，还站不起来了，腿麻麻的疼。在我的旁边，有两个初学的阿姨，不小心撞上了，连手指头都骨折了，滑雪真是太可怕啦！

我想到刚才摔倒的那一幕和阿姨的手指，好恐怖啊！但是，我脑海里不由自主地浮现出毛主席游泳时吟诵的那句诗"自信人生二百年，会当水击三千里"，毛主席当年游泳遇到水涨，那么艰险的时刻，他都坚持下去，与激流奋斗到底，因为他始终相信自己，我行！再说，我现在滑雪,与当年毛泽东游泳遇到的挫折,差远啦!我虽然摔了个跟头,但勉强还是滑下去了。不能放弃!

这个时候,妈妈叫住了我说:"要不咱们请个教练吧?"我说:"不用,我自己能行!"我鼓足勇气,又坐上索道慢慢地登上了顶峰。

当我一口气滑了下去,一路上雪花四溅,看着那些摔倒的大人脸上惊讶的表情,我心中充满自豪。我成功了,终于会滑雪了。后来,我又挑战了中级滑道!

类似的经历告诉我,自信的力量的是无穷的,当我们面对困难时,不要低头和胆怯,要树立起自信,昂头挺胸,战胜困难。

大家觉得这句话好吗?如果喜欢,也可以牢记在心,或当做时刻提醒自己的名言警句。

再也没有

文 / 李响

清风拂竹，你，隐于梦中……

——题记

是怎样的一个机缘呢？你我相会在一片竹林之中，我从层层竹叶中眺望见一个木屋，伴随着咣咣的打铁声，叮咚的泉水声，《广陵散》的羽觞声。嵇康，是你吗？

清风拂竹，我望着嵇康：

"据说魏晋上层男士要敷粉施朱，熏衣修面，而你不屑于修饰，但依旧过得逍遥自在。"

"修妆化容乃女子之事，大丈夫应不拘小节，身为男子，崇尚阴柔之风，不是大丈夫所为。"

"你被推上法场，是司马昭已有杀你之心，当然那个在旁边火上浇油的钟会必定脱不了干系。"

"他曾带过大队人马来访，我和向秀在柳树下打铁没有理会他。是他丢了面子，他心中便结下仇恨的种子。"

"这样一来，你不是一下被排挤在外，不是更加寂寞了？"

"那又如何，我与他本不是同一路人，何必在对方面前苟且偷生。"

"是啊，你为了一人承担，以一封《与山巨源绝交书》隔绝了昔日的密友，一人独居于竹林之中，打铁为乐。面对朝廷重官登门拜访不为所动，一曲《广陵散》撼动人心。"

"难得有你这样的知己，正所谓'识时务者为俊杰'，我也不愿再回去，就让这青竹为伴，碧水为侣，过完这一生吧！"

又是一曲《广陵散》，我看见你被两旁竹叶所遮挡，渐渐隐于竹林中，与这一片静谧的竹林融为一体。

再也没有你这样铸铁为乐，不畏官诱，甘心隐于竹林中的人。

在也没有以广陵撼人心，以书信绝人友，在刑场上泰然自若的人。

清风拂竹，吹起了我的头发，也吹走了那一抹身影。嵇康，虽不能与你为伴，但能陪伴你走过一段路，也是极大的收获。

因为，再也没有这样的景会重现，再也没有这样的人会出现，再也没有……

我行书山

文 / 范开源

我行书山,逍遥自在乐悠悠;我行书山,艰难苦海曾追忆;我行书山,云淡风轻两袖清……我行书山,别有一番乐趣在其中!

我曾攀爬过书山,也曾游览过书山。

在攀爬的过程中,我感受到了来自《简·爱》的坚强,来自《绿山墙的安妮》的天真,来自《海底两万里》的幻想,来自《红楼梦》的古韵,李煜被囚禁他乡的苦楚,陆游与爱人唐婉相隔的悲切,李清照痛失爱夫的悲伤……这,又何尝不是一种别样的收获呢?

我也游览过书山,尝试着与那些思想名人促膝而坐,进行深层次的交谈,与他们面对面的对话,体会他们思想的含义,思想的深意。龙应台的《目送》中包含着对儿女不会反哺的感叹,毕淑敏的《提醒幸福》让我懂得了幸福并不只是山珍海味,也许生活中极为微小的细节也能够成为幸福;安意如的诗词赏析的大作让我感受到了她身残志坚、内心细腻与豁达的情感……游览书山,我已收获了很多!

恐怕从来没有一个人能真正地攀爬完书山的高度,也从来没有一个人能真正地体会完这书山所蕴含的哲理与含义,但我行书山,不是为了寻找那遥不可及的尽头,也不是为了达到那个前所未有的高度。我行书山,自有我的一番风趣。

我行书山,仿佛陶渊明弃官回家的那种"引壶觞以自酌,眄庭柯以怡颜"的逍遥自在乐悠悠的洒脱,仿佛李煜被囚他乡的那种"别时容易见时难,无限江山"的艰难苦海曾追忆的苦痛;仿佛海瑞的云淡风轻两袖清的公廉……历史读写,唐诗写意,宋词流传,经过时间的打磨留下的珍珠,我正一一品味。

我行书山,经历过艰难困苦,风霜雨雪,也经历过春暖花开,万物复苏;我行书山,读到过惆怅浓郁,望断愁肠,也读到过意气风发,傲气干云;我虽才仅仅诞生十余年,却在书山中读到了人生的百态,事态的无常。

在书山中,不管是什么样的文字,什么样的情感,我都努力地尝试去接受,尝试去消化,尝试去体味,尝试去拥有。我行书山,一番乐趣在其中!

读《雪国》

文/逢杭之

初读这个题目,我的一个感觉就是:洁白的世界,就像我头朝下埋在雪地里大睁着眼睛似的,没有杂色。但接着脑海里还是铺开了渲染了其他色泽的画卷——我渐渐从冰冷的雪里抬起头来了。

天空是蓝黑色,边缘像有银河环绕着一样,发着微蓝的光。星星似乎看不见,却又在茫茫中隐约反射着光芒。有几棵深绿色的树立在雪地里,大约三四棵,颇有素描写生时的意境似的,有聚有散,零落但不稀疏。每一棵都有一种挺着脊梁,胳膊自然偏后,微垂的骄傲和孤独感。它们用自己生命迎接着风雪,在沉默中显示着无形的强大。树上白绿相织。树叶像是可靠的农田小房,只在顶端突出来的部分承接着白色。雪花一旦落歪了,就扑哧一下滑走了。

很多电影或动漫都喜欢采用在大雪纷飞的夜晚来营造罗曼蒂克的味道。如果是拍白天的场景,很有可能会用飘飞的樱花。大约看到在风中飞着的它们,会同时感到人生的自由和迷茫吧。就像一个菜单上有很多美味的你最爱吃的菜,而你只有一个胃,自由选择的空间大了,却又拿不定主意一样。也有类似"身世浮沉雨打萍"的感觉,寂寞冷落。

它确实是以一场雪开始的,但也仅仅是"夜空下一片白茫茫"。这篇文章时间跨度有好多年,主线应是岛村和驹子。但叶子姑娘却又在开篇和结尾都出现了——开篇时她映在车窗上,时而与路灯的光芒相叠的朦胧眼瞳和结尾时用三百字左右描绘的她从烧坏的房子里坠落的姿态，都使岛村永生难忘。叶子是一个奇怪的女孩。

以前看日本的作品或听老爸提及时就发现，可能是社会上的压力造成的吧，日本人大多是敏感的，有着不同寻常的心理路程，很容易陷入莫名的忧伤和焦躁，说一些朦胧深刻的话语。他们的对答，有时需要费一些气力去琢磨才能明白意思。跳跃性很大，却又藕断丝连似的，在黑暗中能够清晰地将自己的脚踏进所追逐的野兽留下的脚印里。

其实很有可能，这本书到最后我也没能读懂。只感觉主角们唯美的悲伤，孤独的笑靥，"徒劳"的奔波……一切，都像雪一样寂静，落到地上，无声息，仿佛了无痕迹，只剩泪一般的一小滴水迷失在那里。生活，日常，因为某个人的到来而改变，却又在迷宫里寻觅什么，迟迟徘徊在原地。

文章中对人物的外貌描写极其贴切又合乎氛围。喝醉了酒时，驹子的"指尖都泛起好看的颜色"。以及"她那双像是半睁着的黑眸子，其实是合上了的浓密睫毛"。驹子刚出场时，作者没有用任意一种颜色来象征女子的某一性格，而是借衣服的合身、柔软，腰带的不相称、昂贵，表达作者的一种怜悯、烘托出了两人之间和睦的氛围，以及驹子本身颇含"窈窕淑女"的柔美及作为艺妓的略爱富贵的立体性性格。用很巧妙的手段，毫不突兀地融入整篇文章的那种安详的氛围。这种平稳的生活一直持续着，尽管有分离有相遇，有急躁有悲伤，有欣赏有陶醉，不过那都是大海里小小的波纹而已。直到文末，银河渐渐出现在了岛村的视线里，开始出现了辽远的空间感。而文末，叶子莫明地以美丽的姿势流星一般逝去，岛村却觉得她"仍旧存在，只是变形了"；驹子疯狂地大哭，而岛村却是"待站稳了脚跟，抬头望去，银河好像哗啦一声，向他的心坎上倾泻下来"。在以旁观者的身份看着与自己亲近的人的悲喜、生死时，不免有种时空的眩晕。之前是多么平静啊，人们都在用自己的方式稳稳地走在各自的路上，头顶上是过好久才微微笑一下或哭一下的星空。然而忽然火苗蹿起来，灼烧了过去，像烧毁一片云一样，梦丝缕，被吹散了。这是现实吗？到底该相信哪一个？如果两个都存在，为什么心情的差异会如此之大？

我是个路痴。前几天被送着去了一个在某大学校园里的辅导班。去的路分岔并不多，有一点曲里拐弯。我很注意地记准了路线，在脑中还默默画了一幅图。然而当下课，一出楼，方向便全然逆转了。一瞬间便眩晕，不知身在何处。这种感觉就类似岛村那种原先在地面上的已经成为日常的现实，虽然腻烦，但当那种平静忽然涌起波涛的时候，却又像是成了飘在天空上的梦而已。而"银河的倾泻"，大约就又是他脑中"天翻地覆"，因无措而无法判断现实的真实性的体现了。

这个寒冷的、经常落雪的地方，在烈火、呼喊和倾泻中，拖着长长的尾巴在我们眼前走去了。望见的，只有它身后，长长的尾巴留在那片洁白雪地上的深深的印痕。

校园文摘系列丛书征稿

阅读可以使学生增长见识,可以提高学生写作水平;阅读可以陶冶学生性情,使学生变得温文尔雅、富有修养;阅读可以给学生带来无限遐想和乐趣,给学生带来智慧源泉和精神力量;阅读可以磨炼学生意志,让学生的心灵逐渐充实、成熟。

为满足广大读者要求,中央编译出版社将继续开展"校园文摘系列丛书"征稿活动,让我们从"学生阅读"读起,从朴实无华、意蕴丰富的文字中感受阅读的魅力。

一 征文对象及内容

征稿对象为全国大中学生。可以个人投稿,也可以学校、班级或文学社团为单位组织供稿。作品的体裁、内容不作任何限制。篇幅限 1300-2500 字之间。优秀来稿将分别入选面向全国发行的"校园文摘系列丛书"。

二 征文要求

1. 文笔流畅,有真情实感,活泼新颖。
2. 投稿作品必须是本人原创,不得抄袭、套改。如涉及法律问题,由作者本人负责。

三 投稿时间

即日起至 2018 年 12 月 30 日止。

四 投稿须知

1. 投稿限发 word 文档电子稿。每人可投 3~5 篇。优秀作品可根据题材分别入选多本图书相关栏目。
2. 来稿在文末附上以下内容:文章标题、作者姓名、邮寄地址、电子信箱、电话、QQ。
3. 来稿在 90 天内未收到采用通知的作者,稿件自行处理,三个月内请勿一稿多投!
4. 所有来稿均视为作者已同意本作品选编入中央编译出版社相关图书。不同意以上约定的作者请勿来稿。

电子邮箱: cctp8299288@163.com
作者交流 QQ 群: 63601654

著名少年作家万亿新作《我在成都等你》即将与读者见面

万亿，一个16岁的少年，已出版6本小说。这位小作者似乎在继承韩寒，郭敬明等青年作家的衣钵，秉承他们对青春、对人生的一贯写作手法，将自己的感受丰富化而已。

"清晨的阳光落在他脸上，光影从额头沿着眉心迤逦向下，经过秀挺的鼻梁，微微弯起弧度的嘴唇，最后汇集到眼睛里，浓密的长睫不停震颤，为眼睑下覆上阴影，却遮不住他瞳孔里潋滟流转的光。"

一眼看去，谁会料见这出自于一位16岁孩子的手笔呢？固然，其文章的手法带有漫画性，但也正是如此，才使本书特征凸显无疑。就像电影《致青春》一般，没有什么惊世骇俗的人生哲理，就是一股清流，一首简单的青春之歌。

暗恋，执着，迷惘。这些词都被作者熟练的揉捏于青春故事中。发酵成一种芬芳！

《作文36技》学生写作必备图书

《作文36技》是一本非常受学生欢迎的图书。该书共分36个专题，每个专题都分为"名家垂范""名师指点""名题演练""名卷展示"四个板块。乍看只是总结了一些写作的技巧，细究却分明提出了一种语文教学的新思路：从阅读走向写作。

这本书的问世，填补了目前中学作文教材的一项空白！相信青少年朋友们能从这本书中获得启示，去抒写自己芬芳而绚烂的人生！教育界多位专家推荐此书。

定价：38元　全国各地新华书店有售

书 名：《超脱考试做领袖》
作 者：陈济安
定 价：30元

  郭传杰、冯恩洪、毕诚等著名教育家认为：《超脱考试做领袖》一书非常适合大中学生、教师、家长和有志青年阅读参考，称此书是一部不可多得的励志佳作。
  该书是一部"教人识道用器，学会学习、少有相似，独创一帜"的原创佳作。

《创新中国教育》教你如何考上国际名校

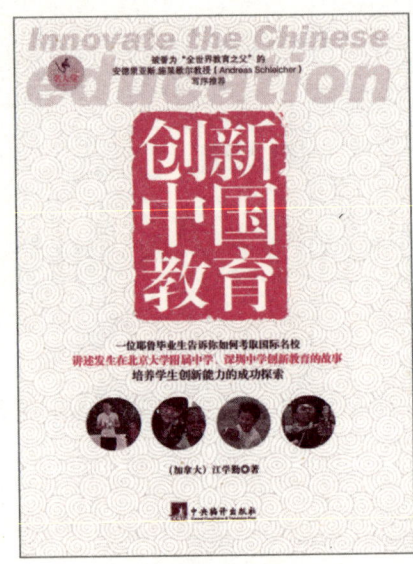

一位耶鲁毕业生教你如何考上国际名校

讲述发生在**北京大学附属中学、深圳中学**创新教育的故事

培养学生创能力的成功探索

本书以通俗易懂的语言、严谨的结构，记述了作者在中国教育改革之路的成功和失败，目的在于让中国的家长、老师、学生以及更多关注中国教育的人们明白，在当今的中国为什么改革如此重要，以及它是如何一步一步成为现实的。本书对改变学生学习方法、推进中国教育改革具有非常重要的参考价值。

被誉为"全世界教育之父"的安德里亚斯·施莱歇尔教授（Andreas Schleicher）如此评价《创新中国教育》：

"在中国，给予我最深刻印象的是北京大学附属中学的国际部。相信《创新中国教育》这本书的读者，能通过书中的亲身经历，了解到他们是如何进行实践并达到目标的。在探索未知世界的同时，北京大学附属中学也将世界带入了中国，为中国的下一代，将纯粹复制学科内容的教育改革为培养学生实际生活能力的教育；将为国家服务的教育转变成为全球与当地社区服务的公民教育；将为考试而竞争的教育转向加强学生能力培养的教育；将情景价值观的教育——我将做现实环境允许做的事情——更新为可持续价值观的教育。相信这样的教育将能帮助中国的下一代更好地进行协调适应——带着无限的可持续性，将一个失衡的世界归于平衡与和谐。"

定价：39元　　当当网、京东网、卓越及各地新华书店有售